田舎の怖イ噂

エブリスタ 編

竹書房文庫

目次

イラスト・ねこ助

※本書は、小説投稿サイト〈エブリスタ〉が主催する「怖い噂」コンテスト〈田舎の怖い噂部門〉応募作より優秀だった作品を中心に編集し、一冊に纏めたものです。

じいちゃんが住む村

砂神桐

昔っから、じいちゃんの家に行くのは嫌だった。

自宅から電車だのバスだのを乗り継ぐことほぼ一日。

やっと辿り着いたその家には、子供が楽しめるようなゲームも漫画も何もない。

子供は風の子、外で遊ぶのが何より……なんて考えは古すぎる。こんな田舎ですらきっと通じないだろう。

それでもじいちゃんの家に泊まると、朝は夜明けと同時くらいに起こされた。

まず、近所の神社にお参りをさせられる。その際、社の後ろに置かれたでっかい石にまで頭を下げさせられた。

これがすんだら散歩と称して近所一帯を引きずり回され、見知らぬ人達に挨拶をすることを強要される。そしていったん家に帰り、朝食の後、虫取りだのかけっこだのと、まったく興味の湧かない外遊び……いや、課外授業じみたことをさせられた。

年に数度のこととはいえ、この苦行でしかない田舎参りは、俺が中学を卒業するまで続けさせられた。

そんなじいちゃんの家を数年ぶりに訪ねた。

宅配では失礼だから、直接持って行くようにと親に言われた届け物。

漫画雑誌が縦に三冊入るくらいの大きさの紙袋の中に、風呂敷で包まれた箱らしき品が収められている。絶対乱暴に扱うなと念を押されているから、中身はもしや割れ物なのだろうか。でもそれにしてはずいぶんと軽い。子供の頃にこのお使いを命じられていたとしても、楽々じいちゃんの家に持っていけただろうと思うくらいの軽さだ。

でも、持って行く品は軽くても道のりが遠いから、今夜はおそらくじいちゃんの家に泊まることになるだろう。

さすがに俺ももう子供じゃないから、昔みたいに虫取りだの外遊びだのは強要されないだろうけれど、過去の記憶が甦って、あの家には足を向けることすら気が重い。

そんな気分でのたのた道を歩いていたら、田舎町ではそうそうお目にかかれない高そうな外車が寄ってきた。

窓が開き、運転手が道を尋ねてくる。俺は土地の人間ではないけれど、この辺りは昔から全然変わってないから、その人に聞かれた道順程度ならたやすく説明することができた。

車が行き過ぎて間もなく、バス停を降りて初めての村人に出くわした。

やたらと俺を見てくる視線が何だか怖くて、精一杯の愛想笑い浮かべたら、ふいに相手が俺の名前を口にした。

「あんた、○○さんとこの孫の、××ちゃんかい？」

「あ、はい、そうです」

「いや――、あの子か。大きくなったねぇ」

数年前に数回会っただけの、普段は遠く離れた土地に住んでいる人なんて、俺にはまったく覚えはない。でも向こうは子供の頃に会っただけの俺のことを覚えていて、やたらと親し気に話しかけ、ゆっくりしていきなさいと言った。

都会じゃ考えられないな、この対応は。

実家でも一応近所づきあいはあるけれど、基本的にちょっと挨拶をする程度。長く話したりとかはほとんどない。俺が興味がなさすぎるだけかもしれないけれど、近所の子供の顔なんて、よっぽど毎日見続けなければ覚えたりはしない。ましてやその子が大人になり、数年ぶりに目の前に現れたとして、相手が誰であるかは判別なんてできっこない。

それでもここの人達は、最初こそ怪訝な顔で俺を見てくるが、すぐに俺の素性を特定するのだ。

十年近く経っても地形が変わった様子がないのだ、人の出入りもこの村にはあまりなく、だから、年数回でもそれが自分の家の客でなくても、よそから来た人間が珍しくて顔を覚えたりするのだろう。

田舎はそんなものかと思いながら、その後も、何度となく村の人達に声をかけられ、じいちゃんの孫だと判明して歓迎されながら、俺はようやくじいちゃんの家に辿り着いた。

「じいちゃん、久しぶり。これ、電話で知らせが入ってると思うけど、届け物」

玄関先でじいちゃんに挨拶をし、届け物は自分で持ったまま、俺はじいちゃんの家に上がり込んだ。

ばあちゃんは俺が中学を卒業する少し前に亡くなっていて、そこからじいちゃんはずっとここで一人暮らしをしている。

心配なこともなくはないけれど、本人はすこぶる元気だし、ご近所さんとの折り合いもいいから心配するなと、親父が電話でよく聞かされているようだ。

届け物を仏間に置き、ぱちあゃんの位牌に手を合わせる。

これで俺の役目は終了。とはいえもう日は暮れていて、当然今から帰ることは不可能だ。

「腹減ったろう。飯、できてるぞ」

言われるまま食卓に向かう。

一人暮らしも長いから、それなりに家事はできるだろうと思っていたけど、じいちゃんの料理の腕前はかなりのものだった。

見た感じは素朴な田舎料理だけれど、味はどれも美味い。それを褒めたら、土地がよくて作物の出来がいいから美味い飯が作れるのだとじいちゃんは答えた。

そういえばじいちゃんて、生まれてからずっとこの村で育ち、外には出たことがないって聞いたことがある。それだけ村に愛着と誇りがあるんだろうな。

作ってもらったのだから当然と、片づけをしているうちに、じいちゃんは風呂を沸かしてくれた。それに入り、布団を敷いてもらった部屋に通されると、長旅の疲れが襲ってきて、俺はたちまち眠りについた。


夜中に目覚めることなく、朝まで何時間も眠り続けた俺が目を覚ました時、家にじいちゃんの姿はなかった。

たっぷり眠ったつもりだが、自宅での起床時間より三時間ばかり早い。

夜が早かったせいもあるだろうけれど、もしかしたらこの家に来ると、早起きしてしまう癖がついてしまっているのだろうか。

家の中を探してみたが、やっぱりじいちゃんの姿はなかった。夏場なのでもう外はほの明るいから、畑にでも出かけているのかもしれない。七十をとうに越えているのに元気だよな。

起きてしまうともう寝られない。昔のように散歩にでも行こうか。だけど鍵の在処が判らない状態だから戸締りができない。

村中知り合いで、今更泥棒になんか入る気も起きない。

ふと、昔じいちゃんが言っていたことを思い出し、少し悩んだ後、俺は不用心は承知で家の外へ出た。

まずは神社にお参り。これが一番最初にすることだったよな。

かつて通った散歩のルートを思い出すままに、朝もやが薄く広がる道を行く。するともやの中に、数年経っても忘れない、ちょっと特徴的な鳥居が見えた。

ここの鳥居、横棒が四本あるんだよな。

よそで見たことのない形の鳥居。何か特別な神様でも祀っているんだろうか。

そういえば、昨日道を尋ねてきた車の人は、この神社が目的地だったっけ。

運転していたのは結構年配の、見るからに頭のよそうな印象の人だったから、どこかの大学の先生で、民俗学の研究とかをしているのかもしれない。

そんなことを考えながら歩いていると、神社の脇に昨日の車が停まっているのが見えた。

間違いない。昨日の高級そうな外車だ。

人のことは言えないけれど、こんな朝っぱらから神社に来るなんて、やっぱり研究とかであれこれ調べてるのかな。

何となく気になり、俺は境内に足を踏み入れた。

記憶のままの、古く小さな社がある。でもその近辺に人影はない。

ジロジロ中を覗いた訳じゃないけれど、車には、運転していた男性と、後部座席に二人程同乗者がいた筈だ。もし研究目的なら、三人でここを訪れているに違いない。でも境内には人のいる気配がしなかった。

たまたま神社の側に車を停めただけで、当人達はここには来ていないのだろうか。知り合いでも何でもない、たまたま道を聞かれただけの人達だ。その人達が神社に来ているのかどうかなんて、俺には知る必要もない。でもどうしてかやたらと気になり、俺は社の裏にある大きな岩の方へ足を向けた。

この岩も昔のままだ。ちょっと尖った先端の方にしめ縄が結わえられていて……あれ？　縄が解けてる。

子供の頃に見た時は、あの縄はいつもきっちり岩に結びつけられていた。でも今は結び目が解けて垂れ下がっている。

確か、この岩は神社の御神体だとか何とかじいちゃんは言っていた。だから村中で気にかけて、朝晩誰かしらが必ず見回り、とても大切にしてるって。

結び目が解けた状態で放置なんてありえない。ということは、村の人が見回りを済ませた後に誰かが縄を解いたということになる。

昨日の人達が研究目的でしめ縄を解いた？　でもそれならあの人達はここに今もいる筈だ。もう一度辺りを窺いながら岩に近づく。と、鉄が磁石に吸いつけられるような抗いがたい力に引きずられ、俺はつんのめるように岩の側へと引き寄せられた。

後ずさろうとしても足がいうことを聞かない。体はどんどん岩へと近づく。

「……け、て」

ふと、どこからか絞り出すような声が聞こえた。でも周囲に人なんていない。ろくに後ろを見ることもできないけれど、誰もいないことは判る。

「……助……て」

再度声が聞こえた。……目の前にある岩の中から。

岩の中から声がするなんてありえない。でも確かに声はそちらから聞こえた。

何が起こっているのか判らない。

俺は岩の方に引き寄せられ、その岩からは助けを求める声がする。

普通に考えたらありえないことばかりだ。でも声は確かに聞こえたし、俺は逃げられないままどんどん岩に近づいている。もう、体が当たりそうな位置にまできてしまっている。

「待って下さい！」

背後から大きな声が響いた。

凄い速さで俺の傍らに誰かが駆け寄り、強く両肩を掴んだ。

「この村に住む○○です！　この子は私の孫です！　幼い頃、主様の元へも何度も顔を見せ、頭を下げてきた者です！」

俺に駆け寄ったのはじいちゃんだった。自分の名前を叫び、俺の頭を岩に向かって下げさせながら、何やらよく判らないことを口走る。

だけどじいちゃんがそう告げた途端、あれ程強く俺を引き寄せていた何かの力はふいと消えた。

「ありがとうございます」

岩に向かってじいちゃんは大きく頭を下げ、もう一度俺にも頭を下げさせた。そして俺の肩を強く抱き、引きずるように岩の側を離れた。その勢いに飲まれるまま、俺はじいちゃんの家に戻った。

聞きたいことが山程ある。でも何一つ言葉にならない。

「昨日はわざわざ来てくれてありがとうな。帰るのにも時間がかかる。朝飯食ったら家に帰れ」

その言葉に、俺はうなずくことしかできなかった。

帰りは、バス停までじいちゃんが俺を送ってくれた。その道のりはやけに遠かったけれど、理由は何となく察しがついた。

神社が見えず、村の人にも会うことのないルート。それを選んでじいちゃんは俺を送ってくれた気がする。

バスが来るまで二人でバス停にいた。その間は何も喋らなかったけれど、バスが見えた瞬間、ふいにじいちゃんは口を開いた。

「もう、この村には来るなよ。神社のことも忘れろ」

そう言い残し、じいちゃんは俺に背を向けた。その、何も問うなと言わんばかりの態度に従い、俺は無言でバスに乗った。


ほぼ一日がかりで家に向かう間、俺はスマホで色んなことを検索した。

じいちゃんのいる村の名前や、横棒が四本ある鳥居のこと。それらを検索したけれど何の情報も出ない。そう、あの村は実在しているのに、どこにあるのかすら検索に引っかからないのだ。

ただ、横棒四本の鳥居は一つだけ、噂話レベルのヒットがあった。

とある神様を祀る神社では、鳥居はそういう形をしていたが、その神は土地に豊饒をもたらす代わりに生贄を要求したため、信仰する者もいなくなり、今はもうその神様を祀る神社は日本には存在していない。

かなり前から放置されたままになっている、古代伝承みたいな話ばかりを扱ったサイトに残されていた書き込み。それが俺の知り得た、あの村に関連する唯一の文章だった。

日本には存在していない？　でもじいちゃんの村の神社は、確かに横棒が四本の鳥居だった。……だからこそあの村は、ネットで調べても情報が得られないようにできているのだろう。

俺に道を尋ねたあの人達が、どうやってあの村のことを知り、行き着いたのかは判らない。でもあの村は足を踏み入れてはいけない場所で、特にあの神社の御神体である岩は、決して関わってはいけない代物だった。

今なら判る。子供の頃、年に数回じいちゃんの家に泊まらされ、神社にお参りをし、村の人達に挨拶をして回った理由が。

昨日の届け物が何だったのかは判らない。だけどあれを届けるために俺はこの村に一人で来る必要があった。その時に備えて、俺はあの村の総てに、自分がじいちゃんの孫であることを示されていたのだ。

長い年月をかけたじいちゃんの目論見《もくろみ》は成功したのだろう。おかげで今、こうして俺は無事に家へ向かうことができている。

　そして、そうまで必死に俺を守ろうとしてくれたじいちゃんの気持ちに応えるため、俺はもう、何があってもあの村に行くことはないだろう。

マタギとミナグロ

戸神重明

かなり以前にマタギの吉蔵から聞いた話である。

昭和初期の冬のこと。当時駆け出しのマタギだった吉蔵は、山奥の狩小屋（狩りで逗留するための粗末な山小屋）で火の番をしていた。先輩のマタギたちは眠っている。

深夜になって、不意に外から人の声が聞こえてきた。

「白毛はねえが……」

（こんたな遅くに、誰だべ？）

吉蔵が訝しく思って外へ出てみると、月明かりに照らされた雪原に、巨大な熊が仰向けに伸びていた。見知らぬ中年の男がそれにしがみつき、

「つく《ち》しょう。一本でもあればええのに。一本でも……」

と、今にも泣き出しそうな声で呟いている。

その背後にも三つの人影が立っていた。一人は小柄な中年の女で、あとの二人は十代前半くらいの少年と少女のようである。三人は無表情な顔をして、男を見つめていた。

そして次の瞬間、男と熊の姿は幻のように消え失せてしまった。吉蔵は肝を潰して、狩小屋へ引き返そうとしたが、なぜか足が動かなかったという。

すると、残りの三人がこちらに顔を向けた。その全身が血まみれに変貌してゆく――。

だが、それはほんの一瞬のことで、三人の姿も後を追うように消え去った。

そこでようやく動けるようになった吉蔵は、慌てて狩小屋に逃げ込み、先輩のマタギたちを揺り起こした。どもりながらも事情を話すと、シカリ（統領）が眉を顰めた。

「まだ出るのがや……」

わけがわからず戸惑う吉蔵に、白髪頭のシカリはこんな話をしてくれた。

「昔、勝次郎つうマタギがいだ。それがうっかりミナグロば撃ってしまっての」

ツキノワグマの胸には三日月形の白い体毛が生えているものだが、ごく稀にそれがない、全身真っ黒な熊がいて、ミナグロと呼ばれている。これは神獣とされ、殺せば山の神が怒ると言い伝えられていた。

「勝次郎はさじとったイタズ（死んだ熊）の胸に白毛が混じってねえが、血相ば変えて探したのしゃ。少しでも白毛があれば、ミナグロではねえすけに……。だども、ねがった」

崇りを恐れた勝次郎は掟に従い、熊を山の神に供えてマタギを引退した。しかし、田畑の少ない寒村だけに、暮らし向きは悪くなる一方であった。

ミナグロを捕ってから二年半が過ぎた、夏のこと。

その日の夕方、自宅にいた勝次郎は豹変した。いずれは息子に譲るつもりで納めてあった熊槍を持ち出し、妻子三人を次々に惨殺したのである。息子と娘は胸や腹、背などを何度も抉られ、妻は喉を突かれて両目を潰された上、鼻と耳を削ぎ落とされていた。

隣家の住人が、

「このミナグロめっ！　このミナグロめっ！」

と、叫び続ける勝次郎の声を耳にしている。妻子が命乞いする声や凄まじい悲鳴、逃げ惑う大きな物音も聞こえたそうだ。

知らせを受けた村の男たちが棍棒などを手にして駆けつけると、勝次郎は暴れながら山へ逃げ込み、そのまま行方知れずになってしまった。

「それがらだ。時々、あれがこごらさ出るようになったのは」

マタギたちは勝次郎の遺体がこの小屋の近くにあるのではないか、と考えて捜し回ったが、熊槍が落ちていただけで、遺体を発見することはできなかった。おそらく遭難して死亡し、遺体は熊にでも食われたのではないか、とシカリは語ったという。

その後、吉蔵が勝次郎たちの姿を目にすることは二度となかった。それでも、しばらくは狩小屋に泊まるのが恐ろしかったそうである。

山道の怪

相沢泉見

僕は三十代後半の、ごくごく普通のサラリーマンです。

会社ではひたすらパソコンとにらめっこをしているせいか、時々自然が恋しくなるんですよね。

学生時代から動物が好きだったのもあって、休日は日帰りで行ける山や森に、バードウォッチングに行っています。今から話すのは、そのバードウォッチングの帰りに遭遇した出来事です。

数年前の、秋の終わりのことでした。僕は鳥を見に、ある丘陵地帯へ行きました。詳しい地名は伏せますが、都会の真ん中からでも日帰りできる場所です。

鳥と言ってもいろいろいますが、その日の僕のお目当てはカヤクグリという鳥でした。

カヤクグリはスズメほどの大きさで、見た目は地味ですが、国際自然保護連合が指定した『絶滅の恐れのある野生生物のリスト』に載っています。つまり、比較的珍しい鳥なんです。

鳥好きなら一度は見ておきたい。なので、その日僕は「絶対に見つけるぞ」と意気込んで出かけました。

その気合いが功を奏したのでしょうか。丘陵地帯に広がる森の中で、僕はカヤクグリに会うことができました。

持ってきた一眼レフのシャッターを夢中で切りました。澄んだ空気の中、愛らしい姿を何枚も撮影できて、僕は「ああ、来てよかったな」と幸せな気持ちに包まれたものです。

……森を、抜けるまでは。

カヤクグリを含めた数十種類の鳥をカメラに収め、僕は大満足で帰路につくことにしました。

丘陵地帯はとても広く、都会からだと電車を乗り継いで二時間ほどかかります。バードウォッチングのポイントは、駅からさらにバスに揺られて十五分くらいでしょうか。

森を抜けて、僕はバス停までやってきました。

そのままバスを待とうと思ったのですが、時刻表を見ると、次のバスが来るまで小一時間ほどかかると書いてあります。

どうしよう、ただ待っているのは暇だな……と思いました。

今立っているのは、アスファルトで舗装された綺麗な道です。行きは駅からバスでここまでやってきました。曲がりくねった道で、バスは警笛を鳴らしながらゆっくりと走っていたのを覚えています。

田舎の道なので、都会と比べると細いけれど、それでも大きなバスが悠々と通行できる程度に整備されている。

なら、歩いて駅まで戻ろう。そう決めて、僕は足を前に踏み出しました。

幸い、バードウォッチングのお陰で足腰は丈夫な方です。バスでゆっくり走って十五分程度だったので、距離的にも大したことはありません。

空もまだ明るかったし、僕は軽快な足取りで進みました。

道は森を切り開いて敷かれているようで、両脇は木立になっています。姿は見えませんが、木々の間に住む鳥たちのさえずりが聞こえてきました。

チーチーと鳴くのはメジロ。ピロピロと可愛らしいのはルリビタキの声です。

それらに耳を澄ませながらゆっくりと歩いていると、奇妙なものが目に留まりました。道の左脇にあるひときわ大きな木に、何かが括り付けてあるのです。

近寄って見てみると、それはいくつもの空き缶でした。缶と一緒に、木の棒のようなものもぶら下がっています。

それらの傍らに、やや古ぼけた立て看板が立っていました。ところどころ消えそうになっていますが、ペンキで文字が書かれています。

『コレヨリ先　缶ヲ叩イテ　音ヲ鳴ラスベシ』

行きにバスの窓から外を眺めていたときは、こんな看板や空き缶には気付きませんでした。どうやら、徒歩で行く場合は空き缶を叩きながら進めと警告しているようです。

僕は首を傾げました。一体、何のために音を鳴らさなくてはならないんだろう。

パッと思いつくのは熊避けですが、このあたりに熊が出るなどという話は聞きません。人を襲うような動物はいないはずです。

目の前に括り付けられている空き缶はちっぽけで、何の役にも立たない気がしました。それに、いちいち音を立てて歩くなんて、面倒臭いし恥ずかしいと思ってしまったんです。

僕はその看板やら空き缶やらを無視することに決めて、再び歩き出しました。

ところが、しばらく進んだところで、違和感に包まれました。

——背後に、何かがいる。

気がつくと、あれだけ元気にさえずっていた鳥たちの鳴き声がピタリと止んでいます。

同時に、背中がゾーッと泡立ってきました。

——何かが、何かが後ろにいる。何だ、何だ、何だ……？

僕は足を止め、ゆっくりと背後を振り向きました。

目に飛び込んできたのは、黒い、煙のようなものでした。それはだんだん濃くなって、僕の方へスーッと流れるように迫ってきます。

——ただの煙ではない。あれに追いつかれたら、終わりだ！

直感が、そう訴えてきました。

僕は二、三歩後ずさりをしてから、前を向いて一目散に駆け出しました。

しかし、いくら全力で走っても背中の悪寒は消えません。『何か』の気配が、ひたひたと僕のあとを追ってきます。

——あれは何だ、あれは何だ、あれは何だ！

自問自答しながら、とにかく死に物狂いで走りました。しかし、得体の知れないものは音もなく僕に迫ってきます。

とうとう、黒い靄が足や腕に届きました。靄はそのまま先端を触手のように伸ばし、僕の身体を包み込もうとしています。

ダメだ、追いつかれる！

僕は思わず目を閉じました。その拍子に、足がもつれて転んでしまったのです。


ガラン、ガラン、ガラン！


不意に、大きな音があたりに響き渡りました。

音の正体は、僕の水筒です。リュックのサイドポケットに突っ込んでおいたのが、転んだ時に落ちたのでしょう。

静まり返った森の中に、乾いた音がこだましました。その音が止んだとき、僕は気付いたのです。

……靄が、少し遠ざかっている！

水筒を拾い上げながら、もしかして、と思いました。もしかして、『アイツ』は音に弱いのでは……。

迷っている暇はありません。僕は水筒の蓋を外し、それで本体を叩きながら走り出しました。


カンカンカンカン！


甲高い音が、木々の間に鳴り響きます。

面倒臭いとか、恥ずかしいとか、そんなことを考えている余裕はありませんでした。

僕はただひたすら森の中の道を駆け抜けました。

……力一杯、水筒を打ち鳴らしながら。

そのあとは、一番最初にあった民家に飛び込んで助けを乞いました。

民家にはおじいさんが一人で住んでいました。おじいさんは昔からそこで暮らしていて、森の事情に詳しいらしく、僕にこんな話をしてくれました。

「このあたりには『カムナビ様』が住んでる。カムナビ様は森を守ってくれるが、人間を嫌っていてな。油断してると闇に取り込もうとする。特に、あんたが通ってきた道は危険な道だ。儂《わし》らがこのあたりを歩く時は、音を鳴らす。道の途中に空き缶が括り付けてあっただろう？　あれを使ってな。……カムナビ様は、大きな音が苦手なんだ」

それで腑に落ちました。

バスがむやみに警笛を鳴らしていたのも、そんな事情があったからなのでしょう。

僕が必死で叩いた水筒は、あちこちへこんでベコベコになってしまいました。

だけど、そのボロボロの水筒を、今でも捨てていません。肌身離さず持ち歩き、寝る時には枕元に置いています。

——またいつ『あれ』が襲ってくるか、分かりませんから。

お呼ばれさん

砂神桐

誰も呼んでいないのに、勝手にやって来る『お呼ばれさん』。
そのグラスは誰のもの？
不自然に空けられたスペースは誰のため？
呼んでなどおりません。あなたの席はありません。
どうかどうか、席に着くことなくお帰り下さい。

もう十年以上も前、近所で暮らす親戚の家で法事があり、私は両親と共にその家に行くことになった。
生まれ育った小さな田舎町は近所同士の付き合いが濃く、親戚であるうち内の家族以外にも大勢のご近所さんが家に出入りをしていた。

どこかで貸してもらったらしいテーブルが何台も家に運び込まれ、法事の後の食事の席が設けられる。

あちこちで、どこの席に誰が座るとか、配膳の仕方はどうだという会話がなされ、私は大人の邪魔にならないよう、部屋の隅でその様子を眺めていたのだが、料理や食器が運ばれていくにつれ、ふとした違和感を覚えた。

あそこの席はあの家のご一家。あっちは別の家族の席。遠くから来ていても親戚の顔は知っているし、後はみんな近所の人ばかりだから、家族構成はほぼほぼ判る。

だからなおさら感じた違和感。あの、一つだけ空いている席は誰のためのものだろう。あらかたの人間が席に着き、まだ埋まっていない席も、そこに誰が座るのかはたやすく予想できる。なのにどうしても、その空席に誰が着くのかだけ判らない。

料理は大皿から取り分け式だから、どの席にも、置かれているのはコップと箸、そして数枚のお皿だけだ。だから忙しさのあまり、たまたま数を間違えただけと思えばおかしなことはない。

でもどうしてか、私の暮らすこの土地では、必要な人数分以外の食器はテーブルに置いてはいけないという習わしがあった。子供の私ですらそれを知っているのに、大人がわざわざ余分な食器を置く筈がない。

誰のための用意なのかは判らないけれど、きっとあそこには誰かが座るのだ。そう思い込もうとしたけれど、席があらかた埋まっても誰もそこに座らない。だから私は、台所仕事が一段落して席に着きに来た母に空席のことを尋ねた。


「お母さん、あそこは誰の席？」

それはほんの小さなつぶやきだった。

本来なら周囲のざわめきに掻き消され、隣にいた母にすらろくに聞こえなかっただろう声。でも、私が発した小さな疑問に、一瞬でその場の空気が凍りついた。

「うわぁぁぁぁ！」

悲鳴を上げたのは空席の隣に座っていた近所のおじさんだった。

立ち上がり、後も見ずに部屋から飛び出していく。それを側にいた家族が追いかけ、他の人達が大慌てで私の指摘した席の食器などを片づけた。

その慌ただしさの中、何かを食べる前に法事の食事会は終わった。それがただただ不思議で、母にどういうことか尋ねたけれど答えは得られず、やがて私はそのことを忘れてしまった。そしてずっと忘れていた。

今日、あの時と同じ状況を迎えるまでは。


近所の親戚の家へ向かう途中、別のご近所さんと一緒になった。

制服姿の私以外はみんな黒い服を着ている。

親戚やらご近所やらが集まっての法事。

お寺の和尚さんが読経を上げ、式がつつがなく終了したら、大広間にテーブルを並べて参加者全員で食事会だ。

子供の頃は見ているだけでよかったけれど、高校生にもなると必然的に手伝わされる。

台所は手が足りてるから、私は他の人達と配膳係。

低いテーブルの傍らに座布団を並べ、人数分のコップや箸を置いていく。

どこに誰が座るかまでは聞いてないけれど、何人いるかは教えられているから、数を間違えないように食器を置いて回った。

やがて部屋には人が溢れ、家族単位で席に着き始める。その賑わいの中、私はテーブル上を見渡した。

座布団も食器も足りてるよね？　足りないって言い出す人はいないよね？

あっちの席、こっちの席と、どんどん人で埋まっていく。でも食器の不足の声は上がらない。

問題なく配膳できたと一息つきかけて、私は自分達一家が座る予定のテーブル端の食器に気づいた。

うちは私と両親、それに祖父母の五人が呼ばれている。

空席の状況からして、あのテーブル端が我が家の席だ。なのに食器が一人分多い。

念のため隣の一家を確認したけれど、もう全員席に着いている。そちらの食器が余っている訳じゃない。

この時私の中で幼い日の記憶が甦った。

食器が多いとつぶやいた私と、直後に静まり返った場内。そして、走り去った近所のおじさん……。

別の記憶が誘発されて甦る。

あの法事から程なく、近所でお葬式があった。亡くなったのは……あのおじさん。

反射的に私は、まだ誰も座っていない我が家用のスペースに駆け寄った。

どれでもいい。今すぐ一人分の食器を片づけないと。

テーブルに置かれた箸とコップ、そして取り皿を持ち上げる。その瞬間、背後からやたらと冷たく重々しい空気が漂ってきた。


振り向けない私の背後に誰か……何かがいる。周りの音より遥かに小さいのに、確実にその何かの声が耳に入り込んでくる。

「席、片すな。私の、席。お呼ばれする……」

凍りつきそうな空気の塊が、私を押しのけ、座布団に座ろうとする。それをどうしても受け入れられず、私は反射で座布団をテーブルと真逆の方向に蹴飛ばした。

次の瞬間、今の今まで感じていた凍てついた空気が嘘だったかのように、私の周囲は元に戻った。

それでもなお固まったままでいた私の手から、誰かが握ったままの食器を取った。

おそるおそる振り向いた視線の先に家族全員の姿があり、私の手からもぎ取った食器を父に渡した母が、何も言わずに私の頭を撫でてくれた。

……『お呼ばれさん』。そう呼ばれる。この辺りに伝わる怪異の伝説のことを聞いたのは家に帰ってからだ。

何十人という人が一堂に集まる席で、気をつけていても、どうしてか、人数より一人前多く食器が用意されていることがある。

もしもそれを見つけたら、両隣に人が座る前に片づけなければならない。座布団などが置かれていたらそれも直ちに撤去して、招いてないものの居場所などないことを示さなければならない。

そうしなければ、その席には『お呼ばれさん』が座ってしまう。最後までいても途中退席しても、必ず、帰る際に左隣の人を連れて行ってしまう。

だから人数分以上の席を設けてはならない。設けてしまったら、『お呼ばれさん』が座るより早くその席をなくしてしまわなければならない。

「もっと早く教えておくべきだったわね。そうすれば、お前に怖い思いをさせずにすんだのに」

そう申し訳なさそうにつぶやく母に、私は、気にしないでと一言告げた。

あれが何かは判らない。いつからこの土地に存在しているのか、どうして大勢の人が集まる場所に現れるのか、いなくなる際死人が出るのか。

両親も祖父母もその理由は知らず、町の人達にも知っている人はいないらしい。

でも、私はあれに二度遭遇した。一度目は、見た訳ではないけれど幼い頃に。そして二度目は今日。

だから決してこの言い伝えを馬鹿にせず、周りのみんなのように受け継いでいこうと思う。

呼んでないのに勝手に現れる、厄介すぎる『お呼ばれさん』。……絶対に、席に座らせたりしないからね。

鎌男伝染

澤ノ倉クナリ

中学生一年生の時、学校の近所に変質者が出るという噂があった。

田舎の学校なので周りに森や林が多く、確かに物騒だった。

変質者は、片手に鎌を持っていたという証言から、鎌男と呼ばれていた。

鎌男は「お前が変質者か」と聞いてくるので、こちらが「それはお前だ」と唱えると逃げていくというおまじないまであった。

そんな時期だったから、私は家が近所だったサカキ君と一緒に下校してもらっていた。

彼は私と同じ一年生にしては体格がよく、部活も柔道部だった。

でもある日、互いの都合が合わず、私だけ先に下校することになった。

学校を出て十分ほど歩くと、鬱蒼とした森に入る。夕暮れ時の森は、一人で歩くとひどく心細かった。

土と葉っぱだらけの道を、脅えながら早足で歩いていると、ふと、暗い森の半ばで、右手の茂みに何かが光った気がした。

目を凝らしたが、太陽はもうほぼ沈みかけ、闇が濃くてよく見えない。

恐怖に耐えかねて私は駆け出した。

しかし道のコブにつまづき、転倒してしまった。

慌てて起きると、手の中から鞄が消えている。

転んだ拍子に茂みの中に放ってしまった様だ。

半泣きで草むらに足を踏み入れ、手を伸ばすと、ガサリと音を立てて、足元に何かが現れた。

狸か。猫か。

自分にそう言い聞かせて下を見る。

しかしそこにいたのは、四つん這いの、黒々とした体毛に体中を覆われた人間だった。

半開きの口。ばらばらした前髪の奥の、爛々とした目。

その目が、私の目と合う。
びりびりとした痺れがつま先から脳天にかけ上った。
喉が引きつり、悲鳴も上げられない。
毛人間は、這いつくばったまま、右手に鎌を持っていた。
そして、
「お前が変質者か……？」
そう言いながら振られた鎌が、私のスカートと膝をかすめ、鋭い痛みが走った。
ようやく私は叫び声をあげた。
鎌男が起き上がり、鎌を振り上げる。
私は背を向け、もと来た方へと逃げ出した。
鎌男が追ってくる。
それなのに、足がもつれてスピードが出ない。
後ろから足音が追いすがってきた。
転んでしまう。追いつかれる。
死ぬ。

そう思った。

その時、少し遅れて下校してきたサカキ君が向こうから駆けてきた。

「おい⁉　なんだそいつ⁉」

私は「逃げて！」と叫ぶ。けれど、

「大丈夫か！　あっち行ってろ！」

サカキ君は私とすれ違い、鎌男に向かっていった。鎌を持った右手の手首を押さえて、組み付く。

「サカキ君！　やめようよ！」

けれどそのまま二人は、茂みにもつれていった。

暫く続いた物音が、やがてやんだ。

しんと静まり返った暗い森で、私は恐る恐る名前を呼ぶ。

「サカキ君……？」

すると、茂みの中から、サカキ君が立ち上がった。

私はほっとして、長いため息をつく。

「サカキ君」

「大丈夫か」

「私は平気。サカキ君は？　今の人は、どうしたの？」

「大丈夫か」

「え？」

「あっち行ってろ」

「その手に持ってる鎌は、鎌男から取り上げたの？　凄いね」

「あっち行ってろ」

……

違和感があったものの、私は言われたとおりに帰宅した。

森を出るとき、後ろを振り向くと、暗闇の中にこんもりと一層黒く浮かび上がる森のシルエットが、不気味だった。

次の日からサカキ君は失踪した。

ご両親が必死になって探していたけど、何日経っても見つからなかった。

あの森からは、毛深い男性の遺体が発見された。

私を襲った男に間違いなかった。

男性は少し前から行方不明になっており、その前は地域のパトロールを担っていたらしい。

なぜあんな凶行に走ったのか、誰にも分からなかった。

鎌男の噂は、私たちの町では、すぐに廃れていった。

でも少しずつ地域を変えて、噂自体は消えずに続いた。


二週間ほど後、少し離れた町の林の中で、サカキ君が遺体で見付かった。

その体は異様に毛深く、鎌は持っていなかった。

引き出しを、開けてもいいですか？

せき子

その話を最初に聞いたのは、夫の実家に息子を連れて遊びに行った時でした。

「おやつにおせんべいあるよー」

私と息子が家に入るやいなや、義母は笑顔で息子に手を差し出しながら言いました。

「ありがとうございます」

私は息子を義母に預けると、いつもいるはずの人がいないことに気づきました。

「あれ、おばあちゃんは？」

「ちょっとね、昼間に変なことがあったみたいで、部屋にこもってるのよ」

おばあちゃんは夫の祖母で、今年で九十二歳になります。息子にとっては曽祖母です。

おばあちゃんは一歳になったばかりの私の息子をとても可愛がってくれて、いつもなら実家に行くと一番に玄関で迎えてくれます。

「何があったんですか？」

「実はね……さっきまで家に警察がいたのよ」

義母の話はこうでした。

昼間、義父と義母が二人で買い物に出かけ、おばあちゃんが一人で家で留守番をしている時でした。

玄関のチャイムが鳴ったので出ると、上下えんじ色の服を着た長い黒髪の女が立っていました。

歳は四十代に見えたそうです。

「おトイレを貸してもらえますか？」

急なことでおばあちゃんは驚いたそうですが、色が白くて大人しそうな顔つきのその女を、なぜか疑いもせず家に入れてしまったそうです。普段は家族が電話をしてもオレオレ詐欺と疑ってかかるくらい警戒心が強いのに。

女がトイレを終えるまで、おばあちゃんは玄関前の廊下に立って待っていました。トイレは玄関前の廊下の突き当たりにあったので、様子はよく見えていました。女は一、二分でトイレから出てきたそうです。

おばあちゃんはそのまま女は帰るものだと思っていたのですが、女はトイレの扉を閉めて数歩廊下を歩くと、ピタと足を止めました。

「どないしたの？」

おばあちゃんが聞くと、女は顔をゆっくり左の方へ向けたそうです。ちょうどそこは、茶の間の扉の前でした。女はまた、顔をおばあちゃんの方へ向け、こう言いました。

「引き出しを、開けてもいいですか？」

「は？」

おばあちゃんは耳を疑ったそうです。もう耳が遠くなっていて補聴器をしていても聞き間違えが多々あるので、また何か聞き間違えたのかと、最初はそう思ったようです。

「なんです？」

おばあちゃんが聞くと女はまた左に顔を向け、

「引き出しを、開けてもいいですか？」

と言いました。

そこで初めて、おばあちゃんは怖くなったそうです。

どうして知らない人を家にあげてしまったのか。

どうして真夏なのに暑そうなえんじ色のセーターとスカートを着ているのか。

どうして茶の間の引き出しのことを気にするのか。

「しっ知らない人が開けていい引き出しなんかない！　出て行け！」

おばあちゃんは震える声で叫びました。

するとー女はいきなり茶の間の扉を開け部屋に入って行きました。おばあちゃんは腰が抜けて動けなくなってしまったそうですが、女は茶の間から縁側に渡り、外へ出て行ったようでした。


「買い物から帰ったらおばあちゃんが廊下で腰抜かしてるもんだからビックリしちゃってさあ。最初は転んで骨折でもしたのかと思ってお父さんと救急車呼ぶかとか言ってたら、おばあちゃんが警察を呼んでくれって言うから更にビックリよ」

そのあと、警察に電話をしたところ警官が二人やってきて一時間かけて事情聴取を受け、近所を捜索、聞き込みをしたあと帰って行ったそうです。もしかしたら泥棒の下見かもしれないということで、家の戸締りに注意することと、一ヶ月は昼夜問わずパトカーでこの近所をパトロールしてくれると言っていました。

「怖いですね……。でも何も取られなくて良かった」

「ホントホント。でもね、何が怖いって、茶の間の引き出しのことを知っていたかもしれないってことなの」

義母は眉をひそめて言いました。

「実は、茶の間の仏壇の引き出しに、おばあちゃんの通帳と印鑑が入ってたの。私も知らなくてね。おばあちゃんしか知らなかったのよ。鍵も何もしていない、マッチやロウソクが入っている引き出しに、お線香の箱があって、その中に入れていたらしいの。それをもしかしたらその女に知られていたのかもしれないって、おばあちゃん怖くなったみたいなのよ」

そのあとすぐに、おばあちゃんは通帳と印鑑の保管場所を変えたそうです。

その日は一度もおばあちゃんの顔を見ずに家に帰りました。

夫と私と息子の三人が住む家は、義実家から歩いて五分ほどの場所にあります。

かつてここはスーパーが建っていましたが、五年ほど前に平地になり、分譲住宅地となって、私たち家族はその一角を購入し、二年前から住み始めました。義実家周辺は昔からの家が並び、私たちの家の周りは市外または県外から移り住んだ人たちが多いのが特徴です。家並みは古さと新しさで二分する地域ですが、新興住宅地にも、のどかな田舎の雰囲気はありました。

私は隣町出身でここより更に田舎に住んでいたこともあり、戸締りに関しては少し気が緩んでいるところがあったのが正直なところです。夜寝るときは窓を開けたままですし、ほんの少し出かけるくらいなら玄関の鍵を掛けないこともしばしば。

おばあちゃんの体験した話は聞いた時は怖かったものの、私の戸締りへの意識が変わるほどではありませんでした。

そして、私は二度と忘れられない体験をすることになります。

その日は夫と息子と私の三人で隣町にある私の実家に遊びに行く予定でした。手土産を買いに大型商業施設に寄った際、家に財布と携帯を忘れてきたことを思い出し、私だけ車で家に戻ることになりました。

住宅街の道を車でゆっくり走っていると、家の勝手口が開いているのが見えました。

鍵をし忘れることはあっても、勝手口を開けたままにすることはなかったので、ゴミ出しをした夫が閉め忘れたのだろうと思いました。私は心の中で夫に少し苛立ちました。その時、勝手口の隙間から一瞬、赤い布のようなものが見えた気がしました。

でもその時は見間違えかと思いました。

私は車を降りると、玄関ではなく勝手口に回りました。勝手口から入って鍵をして、財布と携帯を持って玄関から出る予定でいました。

キイという音と共に勝手口を開け、キッチンを見たとき、私は初めて声にならない叫びを出しました。

キッチンと廊下をつなぐ磨りガラスに、誰かが立っているのが見えたのです。

くすんだ赤っぽい色の服で、黒くて長い髪が映っています。輪郭はボケていて表情までは分かりませんが、線の細い女性のように見えました。

そのときです。

「引き出しを、開けてもいいですか」

その女は私に気づいたのか、ガラス越しに話しかけてきました。

声は落ち着いた大人の女性のように聞こえました。

でも私は恐怖で声が出ません。

女は磨りガラスに一歩近づいたのか、シルエットが一回り大きくなり、また
「引き出しを、開けてもいいですか」

と言いました。

私は震える身体を抑え、叫びました。

「けっ警察を呼びますよ！」

すると女の影は一瞬左右に動き、廊下を走って行きました。

私は震える脚でなんとかお隣さん家に駆け込みました。


その後のことはよく覚えていません。

警察によると、勝手口の鍵を閉め忘れたせいで物盗りに入られたのではないかということでした。

でも、不思議なことに家からは何も盗まれたものはありませんでした。それどころか、キッチンに置き忘れていた私の携帯と財布がそのままになっていたのです。勝手口から入ったのであればすぐ目につく場所に置いてありました。

もちろんお金も一銭もとられていませんでした。

「もしかしたら何か別のものを探していたのかもね」

巡回に来た警官が笑いながら私に言いました。冗談のつもりで言ったのかもしれませんが、私は怖くて仕方がありません。金目のものでなければ、一体女は何を探していたのでしょうか。実家と違い、私たちの家にはどの引き出しにも貴重品を入れていないのに。

その後、近所で不審な女を見かけたと言う目撃情報はなく、一年が経とうとしています。

私はこれを教訓に戸締りは念入りにするようになりましたが、キッチンの磨りガラスを見るたび、未だに鼓動が速くなります。

あの女は一体何を探していたのでしょうか。

謝罪に行けない

純鈍

　高校生の頃の話をしようと思う。俺は、クラスでも地味な方で青春とか、そんなキラキラしたものは知らないような奴だった。

　だから、ちょっとだけ、クラスの奴らが夜中に近くの心霊スポットとかに行って、次の日に「あれ、やばかったよな」とか、話をしているのに憧れていた。バイト先の先輩に車で連れて行ってもらったとか、心霊スポットに行った次の日に風邪を引いたとか、俺もそんなことを言ってみたいと思っていた。

　だから、俺はいつも連《つる》んでる俺みたいな奴ら三人に声をかけた。学校が終わったら、すぐに家に帰ってゲームをしているような奴らだ。俺も同じだったため、連絡はスマホのラインで送った。暑い夏……じゃなくて寒い冬だった。

「今夜、O廃屋に肝試しに行かないか？」

そんな文章をA、B、Cに個別に送った。クラスは違うが、中学校から仲の良い三人だ。O廃屋といえば、凄く昔に家族三人が殺されたことで噂になっていた。行くにあたって、少し調べてみたが、その家には銀行員の父と専業主婦だった母、そして、俺と同い年くらいの男子が住んでいたらしい。夜中に強盗に襲われて殺されたとか。午後十時以降に行くと真っ青な腕に連れて行かれるという噂もあるらしい。どこに連れて行かれるかは知らない。

午後八時頃だったと思う。三人から個別に返事が来た。俺が、どうしてグループのラインで連絡をしなかったのかというと、取り敢えず、一人でもついて来てくれれば良かったからだ。グループにしたら、誰かが行かないと言えば、つられて他の奴らも行かないと言い出すだろう。人間ってのは、そんな生き物だから。

それで、三人の返事はというと、AとBは「パス」、Cだけ「行く、何時？」というものだった。まあ、そんなことだろうとは思ったが「お前ら、度胸無いのかよ？　青春しなくて良いのか？」とだけ二人に送って、俺はCと午後十時に廃屋の前で待ち合わせをした。

O廃屋は家から二十分くらいのところにある。懐中電灯を一本用意した俺は少し早いが九時ちょっと過ぎくらいに家族にバレないようにこっそりと家を出た。夜中に一人で出歩いたことも無いし、街灯の薄明かりの下を歩きながら、俺は変な高揚感を覚えていた。

「あれ？」

九時半くらいにO廃屋の前に着くと、そこには既にCが居た。しかも何故かAとBも居る。二人とも乗り気じゃない顔はしていた。噂を知っているから、早く来たのかもしれない。

「お前ら来ないんじゃなかったの？」

「俺が説得したんだよ」

「あ、そうなの？　ありがとう」

どうやら、Cがあの短い時間で二人を説得してくれたようだ。一応礼を言っておく。

「で？　皆は懐中電灯持って来たの？」

点けた懐中電灯で下から顔を照らしながら俺は言った。すると、すぐに「俺は持ってるよ。念のために二本」とCは答えたが、肝試しなんて個人的にやった経験がなかったAとBは忘れて来たようだった。

「え？　忘れてきたの？　しょうがないな、じゃあ、Cに一本貸してもらえば？」

そう言いながら、俺はCの持ってる懐中電灯を指差した。だが、二人は冬だってのに額に玉のような汗をかきながら俺の顔を見て「俺たち、やっぱり怖いから帰るよ」と言った。それで、本当に直ぐに帰ってしまった。俺の背後の廃屋を目の当たりにして、ビビったのかもしれない。誰も手入れをしていないから廃屋の周りには、凄く草木が生い茂っているし、それが不気味だと思うのは俺も同じだった。

「帰っちゃったよ。俺たち、どうする？」

「最初から、俺とCしか居ない予定だったし、良いよ、行こう」

計画の変更はなかった。俺はCと一緒に廃屋の中に入ってみることにした。ただ、草木を避けて玄関の扉に近付いて問題があることに気付いた。

「あー、鍵閉まってるわ、これ。そりゃ、そうだよな、鍵閉まってなかったら、悪戯とかされちゃうもんな」

俺たちも似たようなものだ。でも、まさか、スタートから躓《つまず》くとは、他の皆は一体どうやって中に忍び込んでいるのだろうか。

「どうしようかな」

「俺にやらせて、もしかしたら開けられるかもしれない」

俺が頭を抱えているとCが後ろから声をかけてきた。俺やCみたいな一般の高校生にそんな簡単に開けられるわけがない、と思っていたが、数秒後、扉はガチャリと開いた。なんか錆びた鉄みたいな色の扉だったような気がする。

「C、どうやってやったんだよ？」

「魔法……、いや、壊した」

「お前、やばいな」

やばいと言いながらも、俺の口元は綻《ほころ》んでいた。やっと、念願の友人との肝試しが出来る。

「俺、先に行くよ」

Cが扉を開けて、そのまま先に中に入って行った。勇気がある奴だなと思った。玄関に入ると不思議と段差は無くて、扉のとこから薄暗くて懐中電灯の光しかないから分かりづらいんだけど灰色かなんかのカーペットがずっと奥まで続いているようだった。外国の家みたいに土足で上がるスタイルだったのかもしれないと思った。

先に進んでいくCの後を追って中に入ると、横に階段があった。多分、二階建てだったと思う。

「なんか、やっぱり気味悪いな」

リビングに入ると、そこまで荒れてはいなかったが、棚に入った食器とか何か小動物を入れていたケージとか、変に生活感が残っていると思った。キッチンのカウンターには写真もあるし、若い男女が赤ちゃんを抱いている写真で、多分ちゃんとした写真館で撮ってもらったやつだ。色褪せていたけれど写真の中の人物たちは幸せそうに笑っていた。ここに住んでいた家族だろう。

「〇〇、上に行ってみよう」

俺がリビングやバスルームを見ているとCの声がした。いつの間にか、Cは階段の下に立っていた。

「上？　上って……」

「どうしたの？」

「上って、家族が殺された部屋があるんだろう？　それは、さすがに……」

一階では気味の悪さは感じたが特に何もなかった。おかしな音も声も聞こえず、何も見なかった。だが、もしかしたら、上に行ったら何かを見てしまうかもしれない。

「俺は、もう十分だよ？」

「上も行ってみようよ」

「え、ちょっと待てよ」

俺の制止も聞かず、Cは階段を上って行ってしまった。どうも様子がおかしい。絶対におかしい。もしかしたらCは、この家の何かに呼ばれてしまっているのかもしれない。

そう考えると俺は怖くなって、Cを置いて帰りたくなった。ただ、Cを肝試しに誘ったのは自分だし、どうしても連れて帰らなければならないと思った。

「……っ」

廊下と同じように灰色のカーペットが貼られた階段に足をかけると、古くなっているせいか板がギシリと音を立てた。今までと変わって、凄く嫌な感じがして、自分の心臓がとても暴れていた。感覚が一気に研ぎ澄まされたようで、酷い湿気臭さを感じた。

「C、もう帰ろう」

足元を懐中電灯で照らして階段を上り切り、今度は正面を照らした。すると、奥の部屋の前でこっちを向いて立っているCの姿が見えた。俯いていて、顔が見えなかった。

「C、もう帰ろうよ」

もう一度、声を掛けたけれど、どうしても前に進むことが出来なかった。階段の前から動くことが出来ない。キシ、キシ、ピシッという音がしている。Cの後ろ、廊下の突き当たりが自分に迫ってくるような気がした時だった。

「……あ、ああ……」

Cがそんなことを言い出した。いや、Cだと思っていた。

「あぁ……あ、あ、あ……」

俺はCの横の部屋の入り口から目が離せなくなった。手だ。手が……二本の青白い手が、Cに向かって伸びてきた。異様な伸び方だった。普通の人の二倍くらいあるみたいな。それが、気付いた時にはCの身体に巻き付いていて、でも、俺は怖くて「ああああああ」だか「うぎゃあああああ」だか、よく分からない叫び声を上げながら階段を駆け下りて、転がるように廃屋から出た。そんで、一目散に走って家に帰った。

家族にバレないように帰るなんて無理で、玄関に転がり込んだ瞬間に両親が起きてきた。俺は、凄く怒られたけど、そん時は逆にホッとしたのを覚えてる。

話は、まだ終わってなくて、次の日、俺は熱を出して学校を休んだ。両親には走って帰ってきて、汗だくのまま寝たからいけないんだと言われた。その日は母親が一日中居るって聞いたから、ホッとしたんだけど、どうしてもCのことが気になった。昼過ぎにCのスマホに電話を掛けてみた。

「……もしもし？」

驚いた、普通にCが電話に出た。意外にもCの声は元気そうだった。昨夜のは俺の見間違いだったのか、それともCが先に帰ったと見せかけたAとBと一緒に俺に仕掛けた悪戯だったのか、どちらにしても無事だったみたいで良かった。

「ああ、C？　大丈夫？　ごめんな、昨日は先に帰って」

「大丈夫じゃないよ、謝りに来てよ」

Cの口調は真面目に怒っているようだった。悪戯ではなかったようだ。

「ごめんって。俺さ、熱出ちゃって、今度、直接謝るから」

俺が肝試しに誘って、置いてけぼりにしたんだ。そりゃ、怒るよな。ちゃんと顔を見て謝らないとだなと思った。ただ、突然、首が痛くなって、俺は母親と医者に行くことになった。寝違えたのを酷くしたみたいに首が痛んで、上下左右どこにも動かせなくなってしまったのだ。

なんかデカイ機械を使って色々検査をされたんだけど、結局、首の痛みの原因は分からなくて、母親には嘘をついているんじゃないかと疑われた。本当に動かないんだって、って十回は言った気がする。

病院から帰ってくる途中だった、固まった視界の右端に急にCの顔が見えた気がした。反射的に首を動かそうとして激痛が走り、体ごと横を向くとそこには俺の母親しか居なかった。母親が眉間に皺を寄せて俺を見ている。

「どうしたの？」

「いや、なんも」

そう言って、体ごと前を向いたけれど、数歩進んだところで今度は逆側の視界の端にCの顔が見えた気がした。体ごと、そちらを見たが、やっぱりそこにCの姿はなかった。Cに謝らなければ、という罪悪感が生み出した幻覚かもしれない。

そういえば、俺、Cの家の住所知らなかったな。

「ちょっと、誰に電話？」

「Aだよ。――――あ、もしもしA？」

母親の不満げな問いに返事をしながら、俺はスマホを耳に当てた。

「はいはい、もしもし、って、○○？　熱あるんでしょ？　大丈夫かよ？」

「大丈夫じゃないんだけどさ、ちょっと教えてもらいたいことがあるんだけど」

「何？」

「Aさ、Cの住所知らない？　謝りに行きたいんだけど、俺、住所知らなくてさ」

「C？」

「そう、C」

考え込んでいるようで、なかなか返事が向こう側から聞こえてこない。もしかして、AもCの住所を知らないのか？

「なあ」

「……おい、○○、Cって誰だよ？」

暫くして、Aから、そんな問いが返ってきた。俺が口を開いたのとほぼ同時だった。

「は？　Cだよ。俺たちの友達のC。昨夜、一緒にO廃屋に行こうとしただろう？」

「何言ってんだよ、お前。昨日から、なんか変だぞ？」

「いや、お前が何言ってんだよ。お前らのこと説得したのも、Cだろ？」

「違う。俺たちはお前に度胸無いって言われたから行ったんだよ。俺たちも一応男だし。

じゃなくてさ、ほんとお前昨日から変だよ？」

「俺が変？」

「合流した時から一人で喋っててさ。俺たちのこと怖がらせようとして演技してんのかなって思ったけど、なんかマジっぽくて、気味が悪かったから、俺たちは帰ったんだよ」

「え……」

「お祓いとか行った方が良いんじゃねえの？」

そんなことをAに言われたような気がするが、気付けば電話は切れていて、俺は焦ってO廃屋の事件のことをスマホで調べていた。立ち止まった俺の隣で母親が何やら文句を言っているのが聞こえたが、内容までは頭に入ってこない。


確かに、Cとの過去の記憶がなかった。いつから一緒に居たのかも分からない。中学から一緒だった気がしていたが記憶がない。Cと連絡を取った形跡も無かった。

「C……」

もう一度、あの事件のことを詳しく調べて、被害者の家族三人の名前が分かった。そこには俺が呼んでいたCの名前と顔写真があった。紛れもなくCだった。

あれから何年も経つが、俺は未だにCに謝罪に行けていない。行けるわけがない。怖いのだ。お寺でお祓いをしてもらって、首は数日後に治ったが、未だに視界の端にふとCの顔が見える時がある。俺は、Cに呼ばれている気がする。行ってしまったら、きっと……。

スプーン鶏の噂

人鳥暖炉

へえ、あんさん、わざわざあんな噂のこと調べとるんですか。

はははは、あんなんねぇ、子供らがふざけて言っとるだけのもんですよ。まあ、元になった話っちゅうのはあるんですけどね、今子供らが言っとる噂とは全然違う話ですわ。

はあ、それでも聞きたい？　あんさん、変わってますなぁ。まあええですけど。言うても、私も親父から聞いただけでね、直接知っとるわけやないんですよ。

あんさん、カラーひよこ言うん聞いたことあります？　ピンクとか緑とか、そういうカラフルな色がついたひよこでね、昔は縁日でよう売っとったそうですわ。

いやいや、もちろんひよこがほんまにそんな色なわけありません。絵の具かなんか塗って、色つけとるんですわ。子供騙しっちゃあ子供騙しですわな。でもどうせ縁日で子供らに売るもんですから、子供を騙せりゃそれで良かったんでしょう。

今じゃあ動物愛護だ何だとうるさいんでそんなもんは売られちゃあいませんが、当時のうちの村じゃ、カラフルなひよこは大人気だったそうですわ。

ええ、そん通りですよ。塗ってつけた色なんてそのうち落ちます。だから、カラーひよこもそのうち普通の鶏になるわけですな。まあ、ひよこのうちに死なんかったらですけど。しかもね、縁日で売っとるようなひよこっていうのは、どれも雄なんですわ。卵産んでくれる雌鶏とちごうて、雄鶏はそんなに要るもんでもないですから、そういうとこで売ってしまうんですな。

雄鶏の何がいけんかってね、卵を産んでくれんのもまあそうですけど、朝早くから大声で鳴くんですよ。まあこのへんだと都会ほどには近所迷惑だなんだってうるさくないですけど、それでも迷惑や思う人はいるもんです。

うちの爺さんが子供ん頃くらいまでは、このあたりも自分とこで鶏シメて食っとった家が多かったらしいんですが、親父ん頃にはもうそんなんできる人もだいぶ少なくなっとったみたいで、鶏がうるさい言うても特にどうすることもできんくて、そのままにしとく家が多かったっちゅう話です。

ほんでねぇ、ある家の悪ガキが――ガキっちゅうても、もう中学生だか高校生だかにはなっとったそうですけど、とにかくそいつがね、鶏がうるさいのに腹立てて、その鶏の首を包丁でこうばさーっと切り落としてしまったらしいんですわ。元はと言えば、自分が買ってきたひよこだってのにねぇ。

いくらうるさかったからって、普通そこまでしますかねぇ。まあ親父もそん悪ガキと直接知り合いだったわけじゃのうて人から聞いた話らしいんで、どっかで誇張されてんのかもしれませんわ。もしかしたら、そのうちではまだ自分とこでシメた鶏を食べるのをやってて、単に食べるために首を落としたんかもしれません。

おかしな話になってくるのはこっからなんですわ。

首切り落とされたら、普通死にますわな。でもその鶏は、首が無い状態で起き上がると、そのまま走り回ったらしいんです。

え？　アメリカでもそういう話がある？　へえ、切り落とされた時に脳幹？　が体側に残ってたら生きられる場合もあるんですか。ははあ。

いやあ、親父からこの話聞いた時は嘘やろ思たんですけど、だったらあながちありえん話でもないんですなぁ。

え、話はこれで終わりかって？　ああ、いや、まだ続きがあるんですわ。そん悪ガキね、鶏が首無しになっても生きてたんが面白かったらしくて、同じことできんか何度も試すようになったんやそうです。

鶏の扱いに困っとった他の家からもらったり、ガキ大将やったもんやから、おとなしい子が育ててた鶏脅し取ったりして集めて、次々に首を切り落としたんやとか。

最初のうちは、首切り落とされた鶏はどれもこれも死んでもうて——まあ、当然ですわな——せっかく集めた鶏はすぐ全部のうなってしもうたんやそうです。

それでもそいつは諦めきれんくて、次の縁日の時に、売っとったひよこ全部買い占めたそうですわ。まともな親やったら首切るためにひよこ買うとか許さん思うんですけど、そのうちは金だけ渡して子供はほったらかしにしとったみたいです。家に帰ること自体ほとんど無い親やったっちゅう話ですわ。

で、話戻しますと、そん悪ガキはひよこが鶏になったら、また首を次々と切り落としていったんだとか。普通やったら、ひよこから鶏育てとる間に飽きて他のことに興味が移りそうなもんですけど、そいつはそうはならんかったんですな。

え？　普通だったらそもそも鶏の首を趣味で切ろうなんて思わない？　はは、そら確かに。

まあ何度もそんなことしとるうちに、ついにそいつはコツを掴んだらしくて、鶏を生かしたまま首を切り落とせるようになったそうですわ。さっきあんたが言っとった脳幹？とかいうんが残るような切り方を覚えたっちゅうことなんですかな。

そうやってそいつは、次々と首無し鶏を作っていって、そいつん家の庭は首無し鶏が群れでうろうろするようになったっちゅう話です。

首無し鶏はほら、嘴も無いわけですから、普通には餌を食べれんでしょう？　だから、首のこの喉のとこ――食道、言うんですか？　――のとこに匙を突っ込んであって、鶏がそれで液状の餌を掬って上を向くと、餌が匙の柄を伝って食道に流れ込むようにしとったみたいです。

首んとこに匙突っ込まれた首無し鶏の群れがいる庭とか、私やったら想像するだけでも嫌ですけど、怖いもの見たさなんか、見に行く人も多かったらしいです。うちの親父は私と同じでびびりなんで、じかに見たことはない言うてましたけど。

それからもそんガキは、首無し鶏をどんどん増やしたそうです。そやけどある日、足を滑らせたんか何なのか、庭で転んでもうたらしくて。打ち所が悪かったんか、頭がぱっくり割れとったそうです。

首無し鶏達は、餌をくれる飼い主がいなくなって困ったんでしょうなぁ。何日かしてから人が通りかかって、そいつが倒れてるのに気がついた時には、ぱっくり割れたそん頭の周りに首無し鶏達が何羽も何羽も集まって、首に差し込まれた匙《さじ》で掬っては自分の喉に流し込んでたそうですわ。腐りかけてどろどろになった、そいつの脳をね。

鶏達が頭の割れ目に匙を突っ込んでは、その中身を掬っては飲み、掬っては飲み……。

それからその首無し鶏達はどうなったんかって？　さあ？　そないな気味の悪いもん誰も引き取りたがらん思いますし、そのままほっとかれたんやないですか？　そいつらにも食えるような液状の餌なんてそこらに落ちとるもんでもないですし、可哀想に、多分全員飢え死にでしょうなぁ。

いやまあ、だからね、子供らが今騒いどる話、あれね、多分こん話に尾ひれがついたもんやと思うんですよ。

頭ん代わりに匙がついた首無し鶏がそのへんの森ん中にうようよおって、夜になると時々そいつらの群れが出てきて人襲うとか、そんなんほんまにあるわけないですやん。だいたい、鶏なんやから夜はむしろ苦手ですやろ。

え？　頭が無いんだから鳥目とかもう関係無い？　いやあ、ははは。こら一本取られましたな。

まあでも、さっきのんはうちの親父が子供の頃の話ですからねぇ。鶏の寿命がどんくらいなんかよう知りませんけど、そん時の鶏がまだ生きとるってことはさすがにないですやろ。

補陀落渡海異聞

斉木京

昭和のある冬、作家の重塚忠昭は紀伊半島の海沿いの町を訪れた。

そもそもは取材旅行と銘打って西日本を巡っていて、その途中でここ紀州にも立ち寄ったのだ。

すっかり夜は更け、重塚の泊まっている民宿の外壁には熊野灘からの風が、びょうびょうと吹きつけている。

ちょうど今、重塚の泊まる客間には宿の主人が訪れているところだった。

重塚が何かこの地にまつわる怪談を聞かせよとせがんだのだ。

仕事を終えてきた主人に重塚は先ず酒を勧めたが、自分は下戸だからと遠慮するばかりだった。

ブリキのストーブの上では薬缶が蒸気を吐きながらカタカタと音を立てている。

そして、ぽつぽつと怪談は始まった。

「まだ若かった頃、海で一度だけ恐ろしいものを見ましたな」

この寂れた宿の主人も、若い時分には熊野の海で漁師をやっていたと言うのだ。

「ほう、それは？」

「旦那さんは、補陀落《ふだらく》の話は聞いたことありますか？」

重塚は顎に手をやって、ふうん、と唸った。

「何かで読んだことがありますな、確か仏教で謂う所の浄土というやつでしょう？」

「はい、さようで。西方には阿弥陀さんの極楽浄土があり、東方には薬師さんの瑠璃光浄土がある。そして南方には……」

「観音様の補陀落がある……。そういう話ですな」

主人は重塚の言葉に頷くと話を続けた。

「昔はこの辺では、その海の向こうにある補陀落を目指すという信仰があったんです……。修行を達して寿命を終えた偉い坊さんの亡骸を、小舟に乗せて浜から南方へと送り出すんですな」

重塚は記憶を辿った。確かに自分が読んだ文献には主人の言葉と同じことが書かれていたはずだ。

徳の高い僧の亡骸を、渡海船という特殊な小舟に乗せて沖まで伴走船が曳いていき、大海に放流するというものだ。後は渡海船は潮の流れに乗ってどこまでも漂流し、やがては海底に沈んでいくという。

だが僧の魂は補陀落へと達し、観音様に死後も仕えるという話だったはずだ。

「だけども、もっと昔は違ったんだ……」

宿の主人はそう言葉を継いだ。

「——と申されると?」

「大昔は、生きたまま流してたんだ……」

主人の言葉に重塚は、ははあと頷いた。

「それは捨身《しゃしん》というやつですな。自らの命を捨てて悟りを得ようとする仏教の修行だ」

「ええ。だけども流された者の中には現世への執着を捨てきれないまま、大海のど真ん中で彷徨いながら死んだ者や、一度は運良く陸に生還したが無理矢理海に叩き込まれた者もいたって云います。本当かどうか知らねえが」

「……」

重塚は無言のまま猪口を傾けて、ちびりと酒をすすった。

それで、おれの話はこっからなんですが。

そう言って主人は話を続ける。

「あるとき、親父とともに漁に出てました。その日は昼間はいつものようによく晴れてたんですが、夕刻から風が出始めて、急に空が真っ暗になっちまった。慌てて浜へ戻ろうとしましたが、沖に出過ぎてたせいかどうにも方角が分からなくなっちまって……。そうしてるうちにもどんどん風は強くなって船を揺らすんです。それでおれもいよいよ覚悟を決めてたんです。それが……」

波の向こうにぼうっと青く光るものが見えたのだという。

「それで、その光がどんどんとこちらに近づいてくるんですな。よく見ればそれは一艘の船だった……。だがその船がどうもおかしいんです。漁に使う船とは明らかに違う。よく見れば船上には木でしつらえた屋形があり、それを囲むように四辺に小さな鳥居が立ってるんです……」

「渡海船だ……」

重塚はぼそりとつぶやいた。

船の格好が文献の記述と符号するのだ。

「それだけでなく、読経するような声が船から聞こえるんです。みるみるうちにその船は寄ってくる。おれは固まったまま成り行きを眺めるばかりでした……。そして何故か知らんが、うちの船のエンジンがかからなくなった。そうするうちに二つの船は横付けになったんです」

「……」

「息を止めてじっとその船を眺めてました。するとその屋形の壁の一画が、ばりばりと中から押し破られたんです。何事かと思い見てたんですが、暗い屋形の中から何かが這い出してきたんだ……」

その、這い出してきたものは僧侶が身につける衣装である袈裟を着ていたという。

「でもそれは坊さんなんかではなかった……。旦那さんは髑髏《しゃれこうべ》を見たことはありますか？いえ、おれだって見たことはない。その時が初めてです。肉のない骸骨が袈裟を着て誌公帽子を被って、ずりり、ずりり、と屋形から出てきたんだ」

「まさか骸骨が動く筈は無い……。見間違いではないので？」

「いや、あれが見間違いのはずない。親父も見ていたんですから……。暗い中でさらに目を凝らしていたら分かったんです。そいつは着ている袈裟の上から縄で縛られていた。しかも、その縄にはいくつもの石が括り付けられていたんですよ。後から考えてみればあれは重石だったんではないかと思います……」

重塚は息を飲んだ。

主人の話が、かつて見た文献とあまりに合致していたからだ。

渡海僧の体には逃げられぬよう百八つの石を巻きつけたというのだ。

「やがてその骸骨は芋虫のように這いながら、こちらの船に乗り移ろうとしてるようでした。真っ黒く空いた両目がおれをじいっと見るんですな。そして顎が何事かを云うように開いたり閉じたりしている」

もはや肉の無いはずの骸骨なのに、ひどく苦しそうな表情を浮かべているような気がしたという。

「たすけて、と言ってるんではないかと思ったんです……。でもこっちは何か出来るわけじゃない」

そのとき突然、親父さんが背後から駆け寄り、手にした櫂を思い切り髑髏に突き立てた。

瞬間、骸骨は船からずり落ちたという。

「おい、船出せ!!」

親父さんに怒鳴られた主人は夢中でエンジンをかけた。船は何とか動いた。

渡海船を弾いて、死に物狂いで船を走らせる。

「そうして暫く船を走らせると、いつの間にか湾の灯りが見えてきたんだ……」

そう言って主人は深くため息をついた。

「ああ、お酒が切れましたね。新しいのをお持ちしましょう。」

主人は重塚の横に置いてあった徳利が空になっていることに気づき、立ち上がった。


主人が退室した後、重塚はひとり考え込んでいた。

外は相変わらず海からの風がびょうびょうと吹いている。

その海風に乗せて読経の声が微かに聞こえた気がした。

雁風呂

酒解見習

いやあ、それにしても、本当に日本語がお上手ですね。お客様のような、金髪で青い目の白人の旅行者が、こんな田舎のオンボロ旅館に泊まりに来られるなんて、ひと昔前なら想像もつきませんでしたよ。えっ？　日本はもう三度目？　だんだんディープな所が見たくなって？　はあ、それで今回、こんな田舎の貧乏宿に足を運んで頂いたと。その為に日本語も独学で勉強されて？　いやいや、それはどうも恐れ入ります。そんなに日本を気に入って頂けたなんて、有難いことです。

そうですね、こんな田舎でも、ここ二、三年外国人のお客様がポツポツ来られるようになりました。ご覧の通り、ここら辺は本州の北の端、津軽地方の中でも、特に何の目玉も無い、寂しい所です。日本人の観光客でさえ、あまり訪れないような所でしたからね。それが、最近、お客様のような、ディープな日本を見てみたいという観光客の方が増えてきましてね。こんな田舎町でも、時々外人さんを見かけるようになってきました。何しろ、こんな何もない田舎町ですからね。たまに来る外国のお客様から色々お話を聞かせて貰えるのは、本当に楽しみなんですよ。とは言っても、あたしゃ、英語がどうも苦手で。ですから、お客様のように、日本語を話してくださるお客様は、本当に有難いです。これ、当地の地酒ですが、まあ、お近づきに一杯どうぞ。いえいえ、こちらこそ。

ここら辺の面白い話ですか？　そうですね、何せ、これと言って何もない所ですから、特にご興味を引きそうな話というのも、なかなか無いんですが……そうですねえ……ああ、何ていうか、いかにも日本的だなあと思う話なら一つ有ります。

ここら辺は、北の方から渡り鳥が飛んでくる土地でしてね。毎年、冬になると、沢山の雁、ええと、そうそうワイルド・グース、そのワイルド・グースが日本で冬を越すためにやってくるんです。

彼らは、北の国を出る時に、各々一本ずつ木の枝を咥えて来るんです。そして、海上を飛び続けるのに疲れると、その枝を海に浮かべて、そこで羽を休める。それを繰り返しながら途方もない距離を飛び続けて、やっと日本にたどり着くわけです。そしてここら辺の海岸は、雁たちにとって日本への玄関口となるわけで、到着すると、彼らは各々咥えていた枝を浜辺に落としていくんです。当面不要になるわけですからね。冬になると、この海岸に沢山の枝が落ちているのが見られます。

　そして日本で冬を過ごして、春になると北の国へと帰っていくんですが、その時、またこの浜辺を訪れて、自分の枝を咥えて飛んでいくわけです。当然、落ちていた枝も消えていくわけですが、ここで、いつまで経っても残っている枝が、毎年必ず何本か出るんです。そう、それは帰れなかった雁の分。冬を越せずに、この日本に骨を埋《うず》めることになった雁の数だけ枝が残るというわけです。

　昔からこの浜の人は、ここに残された枝を拾い集めて、供養のためにお焚き上げをして、その火で風呂を沸かして旅人にふるまって来たんです。お客様も、先ほどお風呂入られましたよね。あれも、浜辺に残されていた枝を焚いて沸かしたんですよ……。

　なんてね。いや、ジョークですよ。あはは、失礼しました。今時そんな風呂釜はありません。裏手の焼却炉の熱を活用した給湯システムです。勿論、雁が枝を咥えて飛んでくるなんてことも、ありません。そもそもそんな報告例も無いし、鳥が咥えて飛べる程度の枝じゃ、筏の代わりにゃなりませんよね。要は、全てだ伝説なんです。

　それでもね……鳥といえども、長い旅路の果てに異国で静かに消えて行った名も無い命、その望郷の念に思いを馳せて、それをきちんと供養し、その火でこの地を通り過ぎる旅人の疲れを労う、なんていかにも心優しい話じゃないですか。お客様もそう思われますか。「シンミリシマスネ」なんて、本当、日本語がお達者で。仰る通りだと思います。えっ？　ますます日本が好きになった？　それはどうも恐れ入ります。どうです、もう一杯。ここの地酒、なかなか飲みやすいでしょう。なかなか手に入らないんですが、お客様の為に、いつもキープしてるんです。

はい？　あのスカーフ？　あ、あれはですねえ……以前お泊りになったフランス人のお客様が記念に下さったんですよ。ええ、どうもここを大変気に入って頂けたようで。綺麗な柄なんで壁掛けがわりにしてるんですが、確かにこんなさびれた田舎の旅館には、あんまり似つかわしくないかもしれませんね、へへ。ええ、お気づきのように、確かにこんな小さな田舎宿の割には、色々と外国のものがあるんです。実は私が着てるTシャツなんかも、先月お泊りになったアルゼンチンから来たお客様が下さったものなんです。他にも沢山のお客様が、何かしら記念の品を置いていって下さるんですよね。いや、本当に有難いことです。そういう品物を見てると、お客様一人一人のお顔、交わした言葉が思い出されましてね。本当に良い思い出になるんですよ。お客様も、もし宜しければ何か一つ……なんて、ねだっちゃいけませんね、ははは。いや、冗談ですよ。

そう言えば、さっきの伝説の話なんですけどね。つい最近新しいバージョンを聞いたんですよ。ええ、伝説も長いこと続いていると、色んな派生バージョンが出来ますでしょ。これもその流れの一つかなあと思うんです。

どんな話かと言いますとね。春が来て、雁が北の国へと帰る時期になっても、海岸には何本か枝が残っている。ここまでは一緒なんですけど、そこから先がちょっと違うんです。ある朝海辺を歩いていた人が、砂浜の上に何本か置き去りにされた枝を見つけました。そうか、今年もそろそろ雁風呂の季節が来たんだなあ……どれ、お焚き上げをするかと傍まで行って、何気なく一本の枝を拾い上げた。

ところが、それは木の枝じゃなかったんです……。

棒みたいに細長い形をしていて、一見木の枝に見えるもの……何だったと思います？

人の骨だったんです。

人間の骨が、冬の間に木の枝に紛れてばらまかれていた。やがて春になると本物の木の枝は飛び立つ雁と共に次々に消えて行き、人骨だけがそこに残ったというわけです……。

何故人骨がそこにあったのか？　そもそも誰のものかもわからない。誰がどういう事情でそこに放置したのか、何もかもわからない……それを拾った人は仕方なく、誰のものとも知れぬ人骨をいつも通りにお焚き上げして、素知らぬ顔で旅人にお風呂を振る舞ったということです……。

いや、変なお話で失礼しました、ふふふ。もうちょっと、お酒どうですか。はあ、もう眠いですか。では、お部屋までお送りしましょう。おっとっと、大丈夫ですか？　少し地酒が回り過ぎちゃったみたいですね。すみませんねえ。どうぞ、お部屋はこっちです。いやあ、今日は嬉しいですよ。こんなに日本を気に入って下さるお客様に巡り合えるなんて。そんなにこの国がお好きなら、ここに骨を埋めるのも本望でしょう？　ねえ……ふふふ。

宿屋の一夜

松本エムザ

友人二人とバイクでツーリングの道すがら、飛び込みの宿に泊まることに。

通された部屋に入ったとたん、Sは真剣な顔つきで室内をチェックしはじめた。飾られた掛軸の裏、壺の底、押し入れの天袋。ガラスケースに入った日本人形は、

「苦手なので……」

と言って、わざわざ宿の人に頼んで部屋から移動させてもらった。

「おまえ、意外にビビりなんだなぁ。幽霊封じの札が貼ってあったり、人形が動いたりするとでも思っているのか？」

もう一人の友人Mがひやかすと、

「何かあった時の方が嫌だろ？　安眠の為の用心。先手必勝だよ」

Sはこれが普通だとばかりに、淡々と答えた。

食堂でお世辞にも豪勢とは言い難い夕食を取ったあと、実家の風呂場に毛が生えたほどの広さの浴場で交代に湯船に浸かった。

寝床の用意も、当然のようにセルフサービスだった。薄いくせにやけに重い布団を三枚、川の字に並べていると、今度はSは枕を叩いたり振ったりして、

「……危ないな、コレは」

などと、渋い顔で呟いた。

「コレのどこが危ないんだ？」

昔ながらの蕎麦殻《そばがら》の枕。確かに、枕投げなどに使ったら怪我をしそうな重量感はある。

「聞いたことないか？　こんな噂」

バイク乗りたちが書き込むネットの掲示板で見掛けたという話を、Sは語って聞かせてくれた。

「ひとりで遠乗りに出掛けた男が、山奥の民宿で一泊を過ごすことになった。宿に備えられていたのは、これと同じ様な蕎麦殻の枕。旅の疲れからかすぐに眠りに落ちた男が、翌朝目覚めることはなかった。蕎麦殻だと思い込んでいた枕の中身は、人間を骨まで食い尽

くす、無数の小さな夜行性の甲虫だったんだ。その宿ではそうやって、客を亡き者にして金品を強奪し続けているんだそうだ」

声を落とし、それらしく語るSに、

「お前まさか、それを信じているのかよ」

Mは呆れた声で笑い飛ばした。

「そんな昔話に出てくるような、追い剥ぎの宿屋みたいなもんが実在するワケないだろ？あったらもっと騒ぎになってるっつうの。アホらしい」

MはSから枕を奪うと、そのままそれを頭の下に入れると、

「おやすみー」

と高らかに宣言し、布団を被って寝てしまった。

Sはまだ何か言いたげにしていたが、それ以上騒ぎ立てることはせず、もちろん枕はしないまま眠りについた。

俺はと言えば、Sの話を信じていたわけではなかったが、何となく薄気味が悪くて、枕は避けて持参していたタオルを折り畳み、それを代わりにして寝ることにした。そう、俺は単純でチキンな男なのだ。

翌朝目覚めると、Mが満面の笑みで窓から差し込む朝の日差しを浴びていた。

「おはよう諸君！　実に気持ちのいい朝だな」

薄くて硬い布団で一夜を明かし身体中が痛いのに、Mはやけにご機嫌だった。

朝食を取りに下りた食堂でも、

「旨いなぁ、旨いなぁ」

と、文句タラタラだった昨晩の夕食時とは打って変わって、宿の食事を褒め讃えた。

おまけに部屋に戻り、さぁいざ出発となった際、Mは驚きの発言をした。

「俺さぁ、しばらくこの宿でのんびりしていこうかと思うんだけど、お前らもどうよ」

「え？　出発時間を遅らせるってことか？」

明日は朝八時には出発な。そう言っていたのは当のMだ。

「いやいやそうじゃなくって。ひと月くらい泊まって、ゆっくり静養するんだよ。俺、めちゃくちゃ気にいったわ、ここが」

「ここに？　ひと月も？」

思わず声が裏返ってしまう。周囲に何もない、温泉に入れるわけでもない、名物料理もあったもんじゃない。ないないづくしのこの宿の、いったい何を気にいったと言うのか。

「……なぁ、ちょっといいか」

Mとの会話を黙って聞いていたSに小声で手招きをされて、俺とSは廊下に出た。

「いいか。どんなことをしても、Mをここから連れ出すぞ」

切羽詰まった顔をしてそう言うSに、胸がざわつく。

「……ちょ、お前までどうしたんだよ？」

「気付かなかったのか？　Sの耳から、這い出していただろう？　小さな黒い虫が何匹も」

「……え？」

その光景を想像し、腕に鳥肌がぶわりと立った。

「あいつの脳内はもう、乗っ取られているんだ。ここにいちゃヤバい。無理矢理にでも連れ帰らなきゃ」

まるで何かに取り憑かれたように、恍惚としてこの宿を絶賛していたM――。

「……わかった」

Sと俺は、Mを説得する為に部屋に戻った。

「ゆっくりしていきたいのは山々なんだけどさぁ、急な仕事が入っちゃったんだよ。今日中に東京に戻らなきゃ」

スマホを片手にSが芝居を打つ。

「そんなに気にいったんなら、色々準備してからまた来ようぜ。な！」

それに乗って、俺も調子を合わせる。

「……ならさぁ」

不満げなMが、手の甲で鼻を擦った。

（……ひぃっ）

Sと俺は同時に息を飲んだ。Mの鼻の穴からポロポロと、無数の黒い小虫がこぼれ落ちたからだ。

虫は素早い動きで押し入れに向かって逃げていく。巣に戻るつもりか。あの枕の巣に。

「お前らは先に帰れよ。俺は独りで泊まっていくから」

何事もなかったようにMは言う。

どうすればいい？　この男を説得するには。

「そうか。じゃあやっぱり俺ももう一泊するとしようかな？」

「へぁっ!?」

思いも掛けないSの発言に妙な声を発してしまった俺に、『任せておけ』とでも言いたげにSは目配せをしてくる。

「取り敢えず、せっかくだから近場を流そうよ。少し走って、またここに戻ればいい」

三人で宿を出て、山道を走った。Sの提案で、硫黄の臭いが強烈な日帰り温泉に入り、にんにくが大量に入ったラーメンを昼飯に選んだ。Sは立ち寄ったコンビニで購入した消臭スプレーを、間違えたふりをして何度もMに降りかけ、休憩所では吸わないはずの煙草をふかし、その煙をMに吹きかけるなどの奇行を繰り返した。

そろそろ日が傾き始めた頃、Sが言った。

「M、どうする？　宿に戻るか？」

もちろん同意するだろうと思っていたMは、目を丸くして、

「は？　あのクソな宿に？　冗談よせよ。今日は東京に帰る予定だろ？　あー、家のフカ

フカのベッドが恋しい」

いつも通りの口調で言い放ち、心底俺は安堵した。

「聞きかじった方法をダメもとで試してみたけれど、どうやら効いたみたいだね」

Sがこっそり俺に耳打ちした。硫黄の風呂も、たっぷりのにんにくも、消臭スプレーに煙草の煙も、みんなあのMを操っていた『虫』を追い払う手段だったらしい。

それにしても、あのままあの宿に留まって、あの枕を使い続けていたら、俺達はどんな目にあっていたのだろうか。

もう旅先で、枕は使えない。

お盆の出来ごと

Maro

　時代は明治の始めで御座います。徳川を倒した新政府が欧米列強に追いつこうと躍起になっていた頃の話で御座います。

　東京から遠く離れた小さな村に鉄道が通るというんで、それはそれは大騒ぎになっておりました。これといった産業もない貧しい村です。一時期でも鉄道建設の日雇いで日銭を稼げることは有難いことなのです。

　これからお話する物語はそんな小さな貧しい村の不思議な出来事で御座います。

　この村に、庄屋から田んぼを借りて細々と生活しております、為吉、とよ夫妻が居りました。二人には五歳になる花という、かわいいひとり娘がいました。

　為吉は鉄道の工事が始まりますと、日銭を稼ぐため、田んぼはとよに任せ日雇いの仕事に行きました。田んぼを耕すより何倍もの収入になりますから、為吉は一所懸命働きます。

工事を担当する親方から仕事ぶりを認められ、村での工事が済んでも「どうでえ、百姓なんか辞めて俺の下で働かねえか」と声を掛けられるほどになっておりました。

為吉はとよと相談して、取りあえず次の村の工事まで仕事をすることにしました。仕事場は遠くなります。今までのように家から通うのは無理になり飯場に泊まり込み、月に二度ほど家に帰ってくるという生活になりました。

「おっかあ、父ちゃんは何時かえってくんだべ」花がとよに訊きます。

「そうだなあー」と、とよは指を折りながら数えて「後五回寝れば帰ってくるべ」と答えました。

「また、何か買って来てくれるべかなあ」花の言葉が弾みます。

この前帰って来たときに、為吉は赤い着物を着た人形を買って来てくれたのです。花は何処に行くにもその人形を抱いて出かけます。人形の腰には大きな鈴が付いています。チリン、チリン。花が通ると鈴の音がします。畑や田んぼで働く村人は顔を上げなくとも花だと分かります。それほど花は人形を肌身離さず大事にしていました。花は、父親がまた何か買ってきてくれるのを楽しみにしているのです。

「いい子にしてれば買ってきてくれるかもな」とよは目を細めます。

そんな話しをしていたある日の夕暮れ、とよがかまどの火加減を見ていると、

「と、とよさん！　大変だ」

為吉と一緒に仕事をしている筈の友蔵が飛び込んできました。

「た、た、た、為吉が」と言った切り次の言葉が出ません。


為吉は崖を切り開いている仕事場で崩れた岩の下敷きになって死んでしまいました。

そして、葬式が済んでひと月経ち、三月経ち半年が過ぎました。

チリン、チリン。鈴の音がします。花が人形を抱いて歩いています。その音も村人には悲しい音に聞こえてしまいます。

丁度、その頃から村に眉をひそめるようなうわさ話が流れ始めたので御座います。

庄屋がとよの家へ入って行くのを村人が度々目にするようになったのです。すると、決まって花は家から出され、あてどもなく村をぶらぶらするのです。チリン、チリン。鈴の音がすると村人は花に声を掛けます。

「花、外は寒いべ、さあ、こっちさ来て火に当たれ」

「花、まんじゅうがある。食べてゆけ」

村人は花を不憫に思い声をかけます。

そして、為吉が死んでそろそろ一年になるというある日の夕暮れのことでございました。とよが真っ青な顔で「花を見かけなかったべか」「花を知らねえか」と村人の家を尋ね歩いているのです。

「誰かの家に上がり込んで、寝てしまってるんでねえべか。一軒一軒訊いて廻るんだな」

「ふん、花をじゃけんにして、良からぬことをしてるからだ」あからさまに顔をしかめる者もいます。

だが、今のとよにはそんな皮肉も聞こえません。

「はなー、はなー」と村中を探しまわります。

さすがに「これは、ただごとでねえべ」と、誰かが庄屋に駆けこみました。

カーン、カーン、直ぐに半鐘が鳴らされ、村中の男どもが庄屋の庭に集まりました。

庄屋が花が居なくなったと言うと、「花を追い出し乳繰り合ってるからこんなことになるんだべ」「そうだそうだ！」と声が上がります。庄屋は言い返せません。でも今はそんなことを咎めている場合ではありません。みんなで花を探し廻りました。夜通し探しましたが花は見つかりません。次の日も次の日も村人は仕事を休み花を探しました。それでも見つかりません。

「これだけ探しても居ないんならばひとさらいだべか」

「神隠しだべ」と諦めの声が上がります。

村人は相談し、後一日だけ探すことにしました。

誰かが「もう一度ふくべ沼を探してみるべか」と言いました。

ふくべ沼は村はずれにあるひょうたんの形をした沼、葦の生い茂る寂しいところです。

岸辺は油断して踏み込むと大人でも足が抜けぬほど柔らかい所があり、子どもたちには絶対ふくべ沼には行かぬよう口を酸っぱくして言いきかせています。

四、五人の村人がふくべ沼に向かいました。棒で葦をかき分け岸辺を探索していると、「あ、あれは何だべ」誰かが叫びました。

葦のあいだに赤いものが見え隠れしています。棒を伸ばしますが届きません。ひとりが長い竹を見つけてきました。その竹で慎重に手繰り寄せると、それは花が大事にしていた人形でした。手にするとチリン、チリンと悲しく鳴きました。それからみんなでふくべ沼を探しましたが、とうとう、花は見つかりませんでした。

「この沼は底なし沼だべ」

「ああ、昔から同じことが何べんもあったんだ」

「だからこの沼にはちかよっちゃならねえと」

村人はやり切れぬ気持ちを口にしました。

村人は、亭主を事故で亡くし、娘もいなくなったとよを、かわいそうだと思う気持ちと、庄屋と乳繰り合っていたから花を死なせたんだという思いが錯綜し複雑な心境でした。そして、この騒動も月日の経過とともに村人の話題になることも無くなってまいりました。

ですが……そう、あれは花が亡くなって半年ほど経った頃でしょうか。

村人が道を歩いていると、カラン、コロン、カラン、コロン。下駄の音がします。振り向くと、とよが血相を変えています。目付きが尋常ではありません。

「はな、花が居なくなった。花を見かけなかったべか」

女とは思えぬ力で腕を握るのです。村人は怖くなってやっとの思いで振りほどいて逃げて行きます。

「はな、花はいねえべか」

道行く人に、畑で仕事をしている者に。誰かれの区別なく声を掛けるのです。

「はな、はなー。どこさ行っただー」

そういうことが度々起こり、村の肝入り五人が庄屋と相談しました。

「どうするべ」

「病院へ連れて行くか」

「その辺の病院ではだめだべ。行くんなら大きい街の病院だ」

すると黙って話を聞いていた庄屋が「連れってってどうする。治る見込みあんのか？第一金は誰が出すんだ」と言いました。

重たい空気が座を占めました。先代の庄屋は村の為に一所懸命だったのですが、倅は万事がこの通り。村の為に身銭を切るなど考えもしない男です。

余りの言葉に年嵩の肝入りが「おめえにも責任の一端はあるんだぞ」庄屋を睨みました。するともう一人が「一端どころでねえべ。大部分の責任はおめえにあるべ」と凄みました。

庄屋は父親の後を継いで初めて辛辣なことを言われ驚きました。五人の顔を窺うと怒った目を向けているので「わ、分かった。言う通りにするべ」と言うしか御座いませんでした。

その時です。何やら庭先が騒がしくなりました。座敷から縁側へ行くと、とよが「はなー、花は来てねえべか」と騒いでいます。家の者が必死に宥めていますが聞き入れません。呆然と立ち尽くす庄屋を認めると「このごろ俺を抱きに来てくれねえなあ、こんどは何時来てくれるんだ」と詰め寄ります。

庄屋は「な、な、何を莫迦な世迷言を言ってるんだ。こいつの言うことは全部出鱈目だ。誰も信用するな、こ、こんな女の為に病院代なんぞだせるか！」

吐き捨てるように言うと家の中へ消えてしまいました。

「待ってくれ庄屋さま〜。はな、花はどこにいっちまたんだ〜」

肝入り五人はとよの姿を複雑な心境で見詰めることしか出来ませんでした。そしてわめくとよを宥めることもせず、庄屋の家を後にしました。

その騒動があった日以降、とよは家から一歩も出ません。最初村人は、これで静かになると喜んでいましたが、とよは三日経っても姿を現しません。心配になり、誰かが様子を覗きに行くと家の中はからっぽです。花の時と同様村人はとよを探しました。真っ先にふくべ沼へ向うと波一つない水面にうつ伏せで浮かんでいました。

「早くに入院させていたらこんなことに……」

肝入りのひとりが悔やみました。

「花を探しにここまで来ちまったんだべ。哀れなことだ」

村人は相談してとよの葬式を盛大に執り行いました。しかし庄屋だけは「根も葉もないことを言いふらしたおんなの葬式など出たくない」と言い張り出席しませんでした。そのころには、もう庄屋を庄屋として認めない村人が大勢います。知らないのは庄屋本人と家族だけです。

そして年が改まり、お盆がやって来ました。とよと花の新盆です。村では二人の供養を執り行いましたが、やはり庄屋は出席しません。

お盆一日目の夕刻、家々では火を焚き、お供えをこしらえて先祖の霊を迎えます。そして家族そろっての夕食。厳かな一日が終わりました。

やがて人々が寝静まった夜。とうに十二時は過ぎています。何やらもの音が聞こえます。カラン、コロン、カラン、コロン。下駄の音です。誰かが夜の道を歩いています。続いて人の声も聞こえてきました。

「はな〜、花はいねえべか〜」

カラン、コロン、カラン、コロン。

「はな〜、どこにいるだ〜」

次の日村中大騒ぎになりました。

「じょ、成仏できねえでいるのかなあ」

「お盆だから帰って来たんだべ。あした、送り火に乗ってあの世へもどるべ」

「も、も、もどんなかったら、どうなるだ」

色々な話が飛び交いました。寺の住職に相談しますが、話しかけられても絶対返事をしては駄目だと言う以外何一つ為になることは聞き出せませんでした。

「誰かの悪戯だべえ」という声に、「いや、あれは確かにとよの声だったべ」と答える者が大半です。酒が入ると気が大きくなり「確かめてみるべ」と言う者も現れましたが、本気で言ってないのは一目瞭然です。そうしたお盆二日目が終わろうとしています。空は血を連想してしまいそうな真っ赤な夕焼けでした。

その日の夜は村中が息を潜めていました。夜十二時を過ぎました。

カラン、コロン、カラン、コロン。

「はな〜、どこにいるだ〜」「はな〜、へんじしておくれ〜」

人々は耳を塞ぎ震える夜を過ごしました。

庄屋の家でも息を殺して静まり返っています。

カラン、コロン、カラン、コロン。

下駄の音が段々近づいてきます。家の前で音が止みました。カラン、コロン、カラン、コロン。突然音が大きくなりました。直ぐそこ、庭先に居るのが分かります。

「はな～、どこにいるだ～」

夏だというのに、庄屋は頭から布団を被り必死に耳を塞いで震えております。

「はな～、花はいねえべか」

トン、トン、トン。雨戸を叩く音です。

「はな～、花はどこだ～」

ドン、ドン、ドドーン。今度は激しく雨戸を叩きます。

「しょうやさま～　はなが、花がいなくった～」

ドン、ドン、ドドーン。

今にも雨戸は壊れそうです。庄屋は体の震えが止まりません。

「しょうやさま～　はなをさがしておくれ～」悲しげな、おそろしい声が聞こえます。

ドン、ドドーン、バリバリッ。とうとう、雨戸が壊れ、とよは家の中に入って来ました。

「しょうやさま〜」

「は、は、は、はなは死んだんだ。ここにはいねえ」

庄屋は恐ろしさのあまり、思わず声を掛けてしまいました。すると耳元でチリーンとひとつ鈴の音がしました。

「おっかあ、はなはここにいるぞ」

花の吐息が庄屋の耳たぶを撫でました。


その後庄屋は頭がおかしくなり、行方が分からなくなったということで御座います。またも村人総出で探しますと、ふくべ沼に浮かんでおりました。そばにはなぜか花が大事にしていた人形が風に揺られて浮いておりました。村人はなぜ人形が庄屋の傍らにあったのか不思議に思いました。そしてその人形を寺へ預け供養してもらいました。


えっ、その人形ですか？　はい。今も大事に供養されております。住職がお経を唱えて、上手くいった時にはチリーンと鈴の音が聞こえるそうです。

はい。これで私の話は終わりです。

試乗をどうぞ

砂神桐

　都会は交通機関が発達していて、朝早くから日付が変わるくらいまで電車もバスも走っているし、本数も多いから乗り遅れてもたいして困らない。公共の交通機関任せで充分不便のない生活ができる。

　でも田舎暮らしはそうはいかない。

　バスや電車も使う時は使うけれど、車がなければ大抵の場合生活が成り立たない。

　だから必然的に、メンテナンスなどで車の整備工や車両販売会社と懇意になるのだが、前に噂で聞いたんだ。販売会社が、粗品の贈呈やメンテナンス割引をするので、ショールームで行われるキャンペーンに来て欲しいと、ハガキなどで通知をしてくることがある。その時、やたらと試乗を勧めてくる店舗とは、あまりお近づきにならない方がいいと。

　しつこく試乗を勧めるというからには、そこのディーラーはかなり押しが強いのだろう。

その押しに負けて、まだ不要な新車でも買わされるのだろうか。あるいはいくつも車両保険に加入させられるとか、豪華すぎる高額メンテナンスを受けることを承諾してしまうとか、考えられることはいくつもあった。でもそんなのは、こちらが断固として受け付けなければいいだけの話だ。

必須というだけでなく元々車は好きなので、試し乗りをしていいと言うなら色んな車に乗ってみたい。俺はそういうタイプだから、むしろ試乗は大歓迎。いくらでも勧めてくれと思っていた。

でも今回、試乗の勧めにはたやすく応じない方がいい理由を身を持って知ったんだ。

友達が、そろそろ車を買い替えたいと言い出し、お前は車に詳しいから同行してくれと、一緒に店に行くよう頼まれた。

好きな分野のことで頼られるのは気分がいいし、車店を何軒も回るつもりなら俺も色んな車を見ることができる。

二つ返事で承諾し、友達の気に入りそうな車を置いている店を見て回ったのだが、その一軒に、とても愛想のよいディーラーがいた。

柔らかい口調と物腰で熱心に友達の話を聞き、希望の車種を絞り込んでいく。相手の巧みさに友達もかなり乗り気になっていたが、何しろ高額な買い物なので即決はできない。その迷いを払拭するためか、ディーラーは店に置かれている、今勧めているのと同タイプの車への試乗を勧めてきた。

この流れでの試乗は別段おかしなことではない。

勧めに応じた友達が車に乗り込み、辺りを軽く走って戻ってくる。

「どうだった？」

「いい感触だったよ。でも、まだちょっと決め手に欠けるな」

さすがにこれですぐ売買契約を……とはならない。でもこの店はディーラーが親切だから、この先一目惚れするような車に出会わなかったら、ここでの購入は視野に入れておこう。

そんなことを友達が俺にだけ話してきた直後だった。

「よろしければ、他の車も試乗なさってみて下さい」

丁重な声が友達を呼び止める。そんなディーラーの傍らには、さっきまでのやり取りで聞き出した友達好みの別の車が置かれていた。

「いいんですか？」

「ええ。どうぞ」

友達がウキウキした顔で車に乗り込む。俺程じゃないがこいつも車は結構好きな奴なのだ。

しかしここのディーラーは優秀だな。客の心の掴み方をよく知っている。

高い買い物ではあるけれど、次の店に行くことはないだろう。


その後も、即決できない友達に、ディーラーが別の車の試乗を勧め、友達はホイホイとそれに応じていたのだが、何台目かで俺は『それ』を目撃した。

友達が運転席に乗り込む。その時、一瞬助手席の扉が一緒に開いた気がした。

次の瞬間にはきちんと閉まっていたから、多分俺の気のせいだろう。

行って来ると、意気揚々と友達が試し乗りに向かう。その姿を見送る俺の目に、今度は助手席に座る人影が映った。

「おい！」

咄嗟に上げた声に反応し、友達がブレーキをかける。その傍らに走り寄って車内を見たが、当たり前だけど車の中には友達しか乗っていない。

「どうした？」

「いや……気をつけて行けよ」

それだけ告げて送り出したが、何だか胸騒ぎがする。

事故なんて起こさないだろうな。無事に戻って来いよ。

祈るように心の中でそう唱えていると、俺の心配をよそに、友達は何食わぬ顔で店へ戻ってきた。

「これもいい車ですね。でも……すみません。何度も試乗させてもらったけど、もう少し色々考えさせてもらっていいですか？」

「ええ。納得のいくまでご検討下さい」

結局その日、友達が車を買うことはなかった。でも数日後、たまたま会社帰りに別の店で見かけた車に一目惚れしたという連絡が入り、友達は何度も試乗をさせてもらったあの店ではなく、他の店で車の売買契約を果たした。

それからしばらく経ったある日、友達から、購入した車が納車されたから見に来るかという連絡があった。

あいつがはたしてどんな車を選んだのかと、浮かれ気分で友達の家に足を向けたのだが、新車の前で待ち構える友達の姿を見た時、俺は言葉をなくして立ち尽くした。

友達が買ったばかりの車の助手席に乗る人物。その顔に見覚えがあった。

一度、ちらりと見ただけだがはっきり覚えている。助手席にじっと座っているのは、あの日、最後に試乗した車の中にいた男だ。

「お前、そいつ……！」

「どうした？」

「どうって、助手席に座ってる奴……」

「は？　助手席？　人なんかいるかよ。まだ誰も乗せたことないんだから」

友達の言葉に驚きが跳ね上がる。

こんなにはっきり見えている男の姿が友達には見えていない？

「新車でドライブしようぜ。……ホントは可愛い彼女を乗せたいトコだけど、いない歴も長くなりつつあるからな。車好きのお前で我慢してやるよ」

軽口を叩きながら友達が助手席に乗るよう促してくる。けれどそこにはすでに男の姿があって、乗り込むどころか、俺は助手席の扉を開くことすらできない。

「なんだよ。俺の隣でドライブが嫌ってか？　だったら一人で走って来るから、そこでそうしてろよ」

俺の乗車拒否をどう受け止めたのか、友達は膨れっ面で車を発進させた。

ダメだ。行かせちゃいけない。止めなきゃ。そう思うのに声が出ない。だけどこのままだと友達がとんでもないことになってしまう。その気持ちで、必死に叫ぼうとした俺の視線の先で、助手席に座る男がこちらを振り返った。

蛇に睨まれた蛙というのはあのことを言うのだろう。

ますます体が固まって、指一本動かない。そんな俺の視界から友達の乗った車は消え、そして、二度と戻って来ることはなかった。

新車に初乗りをしたその日、友達は交通事故を起こして帰らぬ人となった。

周りは、慣れない車で勝手が違ったのだろうと言っていたけれど。そうじゃないことを俺は知っている。

友達はあの、助手席に座っていた男に憑《と》り殺されたのだ。

確信はないけれどそうとしか思えない。だから少しでも真相を知りたくて、俺は友達の葬式の後、あの販売店を訪ねた。けれどそこに件のディーラーはいなかった。急に辞めたとかではなく、元々そんなディーラーはいないと言うのだ。そして、戸惑うばかりの俺に、俺が以前聞いた話とよく似た噂のことを話してくれた。

車の販売店に行くと、やたらと試乗を勧めてくるディーラーがいることがある。でも勧められる車には、最初の一台以外は決して乗ってはいけない。

それらは事故車ではないけれど、どれも霊に憑りつかれた車ばかりで、試乗をした中で波長の合う人間に憑りつき、その人についていってしまう。そして憑りつかれた人間は、必ず交通事故で死んだり大怪我をしたりする。だから決して、何度も試乗を勧めてくるディーラーの言葉に応じてはいけない。

その話を聞き、俺はいたたまれない気持ちでその店を後にした。

友達は何も知らず、幽霊の憑りついた車に乗り込み、そいつに憑り殺されたのか。

そんな最期を迎えてさぞ無念だったろう。でも、友達の死んだ理由の本当の要因が幽霊だったとしても、俺にはどうしてやることもできない。

あのディーラーを探し、やってることを世間に公表する？　そんなの普通は誰も信じない。そもそも見つけられる可能性も極めて少ない。

俺が友達のためにしてやれることは、ただただあいつの冥福を祈ることだけだ。

……これが数年前、俺が体験した不気味な噂にまつわる話だ。

でも、今もたまにあの噂を耳にすることがあるけれど、あれは本当の話だろうかと最近は疑問に思うことが多い。

友達は交通事故で死んだ。やたらと試乗も勧められた。でもそこには何の因果関係もなくて、ただの偶然だったのではないだろうか。

だって、友達が幽霊に憑りつかれて死んだなんて、そんなのは酷すぎる。だったらまだ、あれは痛ましい事故だったと思う方が救われる。

そう。噂はしょせんただの噂。友達の死は不幸な事故だったんだ。

通勤途中、たまたま見かけた、あの日友達が見せびらかした新車と同じ車種の車。それを見た瞬間、最近は何度も思うようになったその考えが頭の中にはびこった。

でも、

すれ違いざまに見かけた面影が、数年かけて培った俺の考えを吹き飛ばした。

見知らぬ人が運転する車。その助手席に、シートベルトもつけずに座っていたのは……。

あいつの車、どうなったっけ？　ああ、そうだ。死人が出た事故なのにあいつの車はほぼ無傷で、乗ろうと思えば乗れるけれど、家族はみんな無理だと言って、下取りに出したという話を聞いた。その後、あの車は……。

今の人はあのディーラーに勧められるまま試乗して、そしてあの車を買ったんだろうか。そこに、俺の祈りも虚しく、友達の魂は残り続けているのだろうか。

今日、お前を見つけた俺が心から祈るよ。

どうか誰もお前と同じ目に遭遇させるな。そして、今からでも心安らかに天国へ旅立ってくれ、と。

車中泊での出来事

斉木京

職場の先輩Kさんから聞いた話。

Kさんは連休になると愛車を走らせてあちこちに出掛けるのが趣味だった。

気の向くまま、泊まりがけで日本各地を色々まわっているらしい。

シートを倒した後部座席にマットや毛布を積み込み、簡易テーブルやカセットコンロ、食器類も揃っている。

愛車の後部座席は結構広い空間でかなり快適なのだそうだ。

海辺の駐車場や道の駅などでのんびり一夜を過ごす車中泊は、結構多くの人が楽しんでるとKさんは語ってくれた。

そんなKさんが一度だけおかしなものを目にしたという。

ある年の秋の始め、某県の山中に車中泊にぴったりの静かな駐車場があると聞いたKさんは早速足を伸ばしてみることにした。

山中を走ると、いまだ残暑の厳しい平地と比べ、窓から吹き込む風が涼しくて気持ちいい。

夕暮れころ、話に聞いていた駐車場に着くと早速今夜の定位置を決めて停車した。

今日は他に停まっている車は見当たらなかった。

きっと紅葉の時期になれば登山客で賑わうのだろう。

Kさんはかえって気楽でいいとその時は思ったという。

持参してきた食材を車内で調理して食べたり、動画を見てリラックスしているとすっかり辺りは暗くなっていた。

あまりの快適さにKさんはいつしかうとうとと、眠りに落ちていった。


夜も更けたころ、Kさんは肌寒さを感じて目を覚ました。

車内もだいぶ冷え込んでいる。

駐車場とはいえ、結構山の高いところに自分がいることに思い至った。

Kさんは持ってきたパーカーを上から羽織るとペットボトルに手を伸ばして水を飲もうとした。

そんな時だった。

こんこん、と小さな音が聞こえた気がした。

Kさんは耳をそばだてた。

最初気のせいかと思ったがしばらく間を置いて、再びコンコン、と確かに音がした。

どうも誰かが車のドアをノックしているようなのだ。

Kさんは身を起こすとドアの窓に付けられたカーテンを開けてみた。

すると誰かがドアの外に立っているのが見えた。

Kさんは違和感を感じた。

何故なら相変わらず駐車場には自分の車しか止まっていなかったからだ。

KさんはLEDランプを点けてドアの外を照らした。

ランプの白く淡い光に照らし出されて、一人の女性が俯いて立ち尽くしているのが見えた。

赤黒い色のヤッケを着込んでリュックを背負っている。

登山客だろうか。
無視する訳にもいかないので、Ｋさんはドア少しだけ開いた。
「どうかしましたか？」
Ｋさんが声をかけるとその女性は俯いたまま、ささやくように言った。
「下へ降りる道はどこですか」
その質問にＫさんは首を傾げた。
何故なら聞くまでもなく道路は一本しかない。
歩道に沿って降りるだけだ。
Ｋさんは訝しみながらも下へ降りる道を女性に教えた。
ひと通り話し終えると女性は小さくお辞儀して背を向けて立ち去った。
Ｋさんは変だなと思いながらも再び後部座席に敷かれたマットに体を横たえた。
普段なかなか時間がとれなくて見れなかった映画をゆっくり見ることにした。
どのくらい時間が過ぎた頃だったか。
また微かな音が車内に響いた。

山中は静かなので、わずかな音もよく聞こえるのだ。

コンコン、とドアを小さくたたく音。

Kさんは腕時計を見るともう夜中の一時をまわっている。

ドアの方を見つめていると断続的に音が続いているのだ。

Kさんは再びカーテンを開けた。

「え？」

また、さきほど女が車外に立っていた。

「……何ですか？」

少し声に苛立ちがまじった調子でKさんは女性に聞いた。

「下へ降りる道を教えてください」

女はさっきと同じことを聞いた。

さすがに変だと思ったKさんは女の姿をまじまじと見つめた。

古臭い髪型の黒い前髪がだらんと目を覆っている。

着ているヤッケも何か古びて色がくすんでいるのだ。

Kさんは何となく思った。

この女は下に行く道が知りたいのではなく、街まで車で送って欲しいのではないか。
それはそうだ。
下までは結構な距離があるし、もう道も真っ暗なのだから。
だから思い切って聞いてみた。
「あの、もしあれだったら下まで送りましょうか？」
だが女は小さく首を振った。
「けっこうです」
抑揚のない暗い声だ。
女は踵を返すと、どこへともなく立ち去って行った。
Kさんは半ば呆れてため息をついた。
あの女が何を考えているのかさっぱり分からない。
Kさんはもう寝ることにしてドアに鍵をかけてカーテンを閉めた。
毛布を頭から被ると程なく寝息を立て始めた。

しかし、しばらくするとまた目を覚ましたという。

何故なら、またしてもドアをこん、こん、と叩く音が聞こえてきたからだ。
Kさんは呆れた。
しばらく無視していたが、一向に止む気配がない。
だんだんと怒りが湧いてきたので毛布をはねのけた。
きっとまたさっきの女だろう。
こう何度も来られては迷惑なのだ。
だから一言いってやろうと思い、カーテンを開け放った。

女が。
ドアのガラスにべたーっと顔を張り付けて中を覗いていた。

Kさんは悲鳴をあげた。
女の顔は真っ白でまるで血の気がない。
濁ったような両目は見開かれ、感情のない視線がKさんを見据えていた。
必死で運転席に転がり込むとエンジンをかけた。

クラクションを鳴らし後ろを振り返ると、すでに女の姿は消えていた。

Ｋさんはなりふり構わず車を出し、一気に山道を走り降りた。


数日経ってからＫさんはあの駐車場の山について、色々と調べてみた。

今でこそ山頂近くまで舗装された道が整備されているが、かつては結構な数の登山客が遭難していたらしい。

もしかすると自分が見たものは、帰り道を探して永遠に山中を彷徨うかつての遭難者だったのではないか。

Ｋさんはそんな気がしたと話を結んだ。

それ以来その駐車場には行っていないという。

ガラケーですか？

夏愁麗

　去年ぐらいからでしょうか。私の地元周辺で、奇妙な噂を耳にするようになったんです。

「信じられない。っていうか、それってネタ？」

　その噂を、そんなふうに一笑に付してしまう人も多いんです。けれども、実際に体験した人だってけっこういるんです。私の知人も体験してますし。

　その噂なんですけど、それはある人物のことなんです。

〈ガラケーですかさん〉っていうふうに、その人のことを、みんなは呼んでいます。ちょっと語呂が悪すぎて、いかにも舌を噛みそうな呼び名ですよね。その呼び名を聞いただけだと、何となく無害そうな印象じゃないですか。でもですね、今噂になっているその〈ガラケーですかさん〉は、とにかく気味が悪くて怖いんです。

　初めてその呼び名を聞いた人は、だいたいが共通したリアクションをとります。まずは大抵が、決まって笑うんです。

確かに、突飛な印象を抱きたくなるその気持ち、良く分かります。私としても、それはよく分かるんですけど、実際に〈ガラケーですかさん〉に出逢った人の体験談を耳にすると、その本当の怖さが分かるはずです。

とにかくですね。怖いんですよ。

とにかく怖い。その一言に尽きますよね。

私の住む地域で去年辺りから急速に広まって語られている〈ガラケーですかさん〉の怖い噂。

そんな〈ガラケーですかさん〉本人に、実際に出逢うという恐怖体験をしてしまった私の知人（二十代独身女性）から聞いた話を、以下に記します。

私の知人は、職場には歩いて通っています。知人は、その日も仕事帰りの十九時頃、寒さに震えながら歩道を歩いて家路を急いでいました。

いつものように車道は、信号待ちに連なるクルマ達のテールランプが、長い長い赤い列を作っていました。いつもなら何とも思わない赤いテールランプの列が、その日に限っては、なぜだかあの世とこの世を往き来する人魂か何かのように見えて、とても不快でイヤな感じだった。そんなふうに、私の知人は語っていました。

ああ、歩きってキツいなあ。歩くと寒いし、いっそ自動車通勤にしようかな。でも、勤務先の職場には駐車場が無いのよねえ。慢性的な渋滞に巻き込まれるのもウザいよねえ。寒さとかったるさを我慢すればいいか。車道の渋滞を考えたら、歩きのほうが早いし、身軽よね……。

なんてことを思いながら、私の知人は、首に巻いたマフラーに顎を埋めるようにして、先を急いでいたのでした。

その時なんです。反対側の歩道から、一人の奇妙な人が飛び出す姿を、私の知人が視界の隅に捉えたんです。

その奇妙な人は、信号待ちのクルマの列を縫うように素早くすり抜けて、横断歩道の無い場所を早歩きで横切って、こちら側の歩道へ接近して来るのです。

その人の姿は、あまりに異様で強烈すぎました。知人も、以前から噂には聞いていたそうなんですけど、実際にその人を目撃したのは、それが初めてだったんです。

その人は、体型や顔形等から察するに、恐らくは女性なんです。

〈恐らくは女性なんです〉なんて、仮にも女性用の衣服を身に付けている女性に対してちょっと失礼な言い種かなと思わなくも無いんですけど、実際にその人に出逢った誰もが、その人が確かに女性なのだという確信が持てないらしいんです。声や腰つきや首や胸元の雰囲気が、何となく男じゃなさそうだから、多分女性なんじゃないかなあ。そんな感じで極めてあやふやなんです。

断定出来かねる性別も確かにそうなんですけど、それよりも何ていうのか、その人はちょっとどころか、かなり〈変〉らしいんです。

その人は、年齢にすると三十代前半から半ばぐらいに見えるらしいんです。でも、実際の年齢は誰にも分かりません。二十代かもしれないし、あるいは四十代かもしれません。でも、絶対に十代の中学生や高校生じゃなさそう。実際に出逢った人みんなが口を揃えて、そう言うんです。私の知人が見た限りでは、三十代前半から半ばぐらいの女性のようだった、とのことでした。

その人の身長は、そうですね、平均的な身長の女性よりほんの少し高いぐらいでしょうか。恐らく、一六二センチとか一六三センチとか、その辺りとのことなんです。体型は、スレンダーを通り越してガリガリに痩せていた。と、私は知人から聞いています。

肩の下まで伸びたストレートの髪はごわごわで、リンスやヘアスプレーなんかを一度も使ったことが無いんじゃないかと、彼女はそう言ってました。髪にまるで艶が無くて、乾燥してバサバサだったそうです。最近は滅多に見ないけど、伸ばしっぱなしのロン毛にしたハードロック風な男性なんかに、そういう人がたまにいるじゃないですか。もしも不用意に触ってしまったら、静電気がバチバチ言いそうなバッサバサの髪の人。その人が自分の髪に櫛を入れたのは、いったいいつのことなんでしょうか？　みたいな人。

そして、明らかにノーメイクの蒼白い顔には、メタルフレームの四角い眼鏡を着用しています。昭和四十年代の四畳半フォークシンガー達が愛用していたような、あの銀縁の四角い眼鏡です。その銀縁眼鏡の奥の両眼は、腫れぼったい一重まぶたです。白目がちのその両眼は、ぞっとするような冷たい光を放っていた。らしいですね。

私の知人が見たところ、その人の唇は見るからにガサガサで、良く見るとひび割れてさえいました。

そして、さらに異様だったのは、その人の服装です。

真っ白いセーラー服なんです。

その人は、白いセーラー服を身に着けているのです。

私の知人が言っていました。確かにセーラー服だったよ。昭和っぽい真っ白いセーラー服。それに、紺色のスカーフをきちんと結んでいたよ、と。

それに、足首まで届きそうな長さの、散々に穿き古して生地がテカテカになってしまった紺色のプリーツスカート。そのスカートの丈が、あまりに時代錯誤すぎて、相当に不気味だったそうです。

そんな薄気味の悪い噂の人に、私の知人は仕事の帰り道で出逢ってしまったというわけなんです。


知人は、噂通りの不気味さに、大層なショックを受けて思いました。

で、出た！　これが噂の〈ガラケーですかさん〉！

周囲には助けてくれそうな人も見当たらないし、知人はとにかく戦慄したそうです。

私の知人は、身を震わせながら、緊張して身構えました。

白いセーラー服姿の〈ガラケーですかさん〉と向かい合わせとなって、知人はこれからかけられるのだろう言葉をひたすら待ったそうです。

程なくして、セーラー服のその人は、感情がまるで感じられない視線を游《およ》がせながら、言葉を発したのです。それは本当に、噂の通りの言葉だったのでした。

「貴女は、ガラケーですか？」

すぐ目の前にいるのに、とんでもなく遠い場所から話しかけられているような、そんな地獄の底から響くような声だった、そうです。

早く、答えなければ……。

私の知人は焦るのだけれど、緊張と恐怖のせいか、言葉が上手く出て来ません。

真冬の国道。その歩道の真ん中で知人が固まっていると、セーラー服のその人が、再び繰り返しました。

「貴女は、ガラケーですか？」

目の前の人の、四角い銀縁眼鏡の奥の腫れぼったい一重まぶたが、神経質そうに震えていた。私の知人はそれを今でもはっきり覚えているそうです。

一瞬を支配した恐ろしい沈黙の後、知人は意を決して、恐る恐る答えました。

「はい。私はガラケーを使ってます」

もちろん、それは嘘です。嘘は良くないですよね。でも、それは、時と場合によるはずです。私の知人は、自らの身を守るために、敢えて嘘を言ったのです。

緊張の瞬間です。「一秒が一時間に感じられたよ」私の知人は、後にそう語ってくれました。

やがて、季節外れの白いセーラー服姿のその人が、疑い深そうな細い目をギラリと光らせたんです。そして、私の知人に言いました。

「本当ですか?」

「ほ、本当なんです」

答えながら知人は、生きた心地がしなかったそうです。何故かと言うと、もしもガラケーじゃなくスマホを使っていることがバレてしまったら、〈ガラケーですかさん〉から呪われてしまうからです。

「ホントに私、ガラケー使ってるんです!」

知人の声が震えます。〈ガラケーですかさん〉は、明らかに知人を疑っているんです。

文字通り、絶体絶命でした。

あの世から響くような、重く震える声で、〈ガラケーですかさん〉は確かめてきます。

「本当にガラケーですか?」

「ホントなんです！」

思わず涙声になってしまう知人。

〈ガラケーですかさん〉と呼ばれて、巷で噂されているセーラー服姿の三十路の女性。彼女が疑い深げに、知人の顔を覗き込んで来ます。

「貴女みたいな今どき女子がガラケー使ってるなんて、あたし信じられない。本当に貴女がガラケーを使ってるなら、今ここであたしに、貴女のガラケー見せて」

私の知人の胸の鼓動は早くなります。首筋を伝う冷たい汗が、まるで瀧のようです
知人は、怖さのあまり固く両目を閉じてしまいました。全部夢であって欲しい。お願い。全部が夢。そういうことにして、神様お願い！


私の知人は、恐る恐る両目を開きました。

しかし、目の前には、相変わらず白いセーラー服を着たバサバサ髪の三十路女性〈ガラケーですかさん〉がいます。

目の前の〈ガラケーですかさん〉が、カッと両目を見開いて知人を凝視したかと思うと、突然に唾飛沫をバンバン飛ばしまくりながら、早口で絶叫したそうです！

「ガラケー見せて！　ガラケー見せて！　ガラケー見せて！　ガラケー見せて！　ガラケー見せて！　貴女が本当にガラケー使ってるのなら、今ここであたしに見せなさいよ！　証明して見せなさいよ！」

噂通りの異様な迫力。

もう駄目。この人、怖すぎる。

怖さのあまり、知人は唾を飛ばされまくった顔を拭くのも忘れ、バッグの中から素早く取り出しました。そうです。ガラケーをです。

私の知人は、折り畳み式の古いガラケーを右手に持ち、それを目の前の白いセーラー服姿の人に、高くかざして見せました。

実は、それはもう知人が何年も前に使うのを止めてしまったガラケーなんです。今現在は普通にスマホを使っているのだけれど、去年辺りから〈ガラケーですかさん〉の噂が急速に広まったので、念のためにスマホの他に形だけガラケーを持ち歩くようにしていたんです。

もしも、〈ガラケーですかさん〉に出逢ってしまった時に、ガラケーを持っていないと、〈ガラケーですかさん〉から絶対確実に呪い殺されてしまうからです。

実際に使えるガラケーかどうかなんて、実は関係無いんです。〈ガラケーですかさん〉はそこまで詮索したりしないから。兎に角ですね、古かろうが、電池切れだろうが、故障したスクラップだろうが何だろうが、折り畳み式ガラケーをあらかじめひとつ用意していればそれでいいんです。〈ガラケーですかさん〉の呪いから身を守るために用意していたそれを見せると、〈ガラケーですかさん〉は納得したように満足げな顔をして、遠ざかってくれるらしいんですよね。

私の知人の時もそうでした。

私の知人が、とっくに壊れて電源も入らないようなガラケーを見せると、〈ガラケーですかさん〉はキラキラした笑顔になって言ったそうです。

「やっぱさあ、ガラケーだよね。ガラケーが一番使いやすいよね。文字入力とかチョー楽だよね！」

でも、そこで反論すると駄目なんです。

反論すると、〈ガラケーですかさん〉から確実に呪われるんだそうです。

呪われるとどうなるか。死にますよ。確実に。家に帰り着く前に、確実に路上で窒息して死ぬんだそうです。

その恐怖の事実を、私の知人は噂でもちろん知っていたから、絶対に逆らわずに、ただひたすら同意です。

「そうですね。ガラケー最高ですよね。私は一生ガラケーです」

それに対して〈ガラケーですかさん〉は、大昔のギャルみたいな口調で、別れ際に最後に必ず言うんだそうです。

「あのさあ、貴女の友達や知り合いに、スマホ使ってる超ベリーバッドな子っている？」

ここは重要です。本当に重要ですから。もしも〈ガラケーですかさん〉に出逢ってしまったら、超ベリーバッドなどという時代錯誤な言い回しに惑わされて、間違った返答をしたりなんかするのは、絶対にやめて下さい。

「誰もいませんよ」

これが正しい答えです。もしも、ついうっかり「えっ？　みんなスマホ使ってるけど」なんて答えたら、最悪の事態に陥ります。確実に呪われます。去年、〈ガラケーですかさん〉に路上でそう答えてしまったせいで、実際に何人かが、家に帰り着く前に原因不明の窒息死を遂げています。

私の知人は、もちろん正しく答えました。

「誰もいませんよ」と。

すると、〈ガラケーですかさん〉は、ハイテンションな調子で今時珍しい両手ピースサインをしながら言ったそうです。

「だよねーっ！」

そして、九十年代に流行ったＪポップを声高らかに歌いながら、スキップ踏んで遠ざかり、やがて雑踏の中に消えていったそうです。

私の知人は、〈ガラケーですかさん〉への対応を間違えなかったせいか、今でも普通に健康で元気な毎日を過ごしています。

私はまだ〈ガラケーですかさん〉に出逢ったことは無いんですよ。でも、もちろん普段から万が一のために持ち歩いてます。昔使っていた古いガラケーを。

最後になりましたが、男性の方は特に気をつけて欲しいことがあるんです。

女性の場合は、私の知人と同じような対応をしていれば、無事に生還することが出来るんです。

でも、問題は男性の場合なんですよね。〈ガラケーですかさん〉と偶然に道で出くわすのって、女性だけとは限らないんです。出逢う可能性があるのは男性も一緒です。

「ガラケーですか？」

「本当にガラケーを使ってるんなら、あなたのガラケー見せて？」

「あのさあ、貴女の友達や知り合いに、スマホ使ってる超ベリーバッドな子っている？」

〈ガラケーですかさん〉に出逢った時に、一連の奇妙な内容の時代錯誤な質問のすべてに間違いなく対応を終えて、呪われる危機から解放されたその直後にです。もしもそれが男性の場合だと、けっこう誘って来るんですよ。白いセーラー服を着た〈ガラケーですかさん〉が。媚びる気持ちを隠しもせずに、満面の笑顔で。

「ねえ、楽しいことしない？　一緒に来る？」

とか言いながら、長いスカートをヒラヒラさせて、ガリガリに痩せ細った生足をひけらかして、露骨に誘って来るんです。

もしかすると、話のネタになると思ったんでしょうか。それとも、その男性の方もそれなりに寂しい人だったんでしょうか。〈ガラケーですかさん〉について行ってしまった人がいるんです。私が聞いた噂では、二十代の若い男性会社員の人らしいんですけど、その人は、それっきり二度と帰っては来なかったそうです。

私が聞いた噂では、その若い男性会社員が行方不明になってから三ヶ月後に、神社の鳥居の下に、落ちていたらしいんです。その男性のスマホと、壊れて使えなくなった古いガラケーが。

今でもその人の尋ね人のポスターが、町の電柱なんかに貼ってありますよ。多分、神社の鳥居の下に落ちていたスマホと壊れたガラケー以外には、何の手掛かりもないんでしょうね。

これを読んでいるみなさんも、外出をする時には、いつものスマホの他に、念のため古いガラケーも一緒に持って出かけた方がいいと思いますよ。

ウラシノ

黒統しはる

私の祖父母は山荘を持っていた。

母の実家から車で三十分、曲がりくねった山道をひたすら進んだ先に山荘はあった。周囲は鬱蒼とした木々で囲まれていたが他にも家屋があり、山荘ばかりが数軒集まった集落のような場所だった。

そこで祖父母は色んな野菜を作っていた。夏休みになると一家で里帰りをして、いとこの家族とバーベキューもした。

真夏なのに涼しくて、とてもいいところだ。ただ一点を除いて。

雨ざらしでぼろぼろになった人形が、山荘の玄関に吊る下がっていた。……まるで首吊り死体のように。

初めてそれを見た時は怖くて泣き出してしまった。多分小学生になったばかりの頃だったと思う。形状からして市販の、幼児がままごとに使うような普通の赤ちゃん型の人形……だが塗装が剥げて罅《ひび》が入り、土にまみれて黒ずんだそれは化け物の類いにしか見えなかった。

何でこんな可哀想なことをするのか。その疑問を祖父に聞いたところ、この土地に伝わる風習なのだという。

祖父の話曰く、この山には『ウラシノ』と呼ばれる霊的な存在が徘徊しているらしい。

その昔この土地は小さな村で、そこにはしのという名前の美しい少女が暮らしていた。ただの農民の娘だったがその容姿から将来は絶世の美女になるとされ、是非うちの倅《せがれ》の許嫁《いいなずけ》になってほしいという願いがひっきりなしだったという。

だがある日、しのは身売りされることになった。火の車の家計を救うため、口減らしと少しでも家計の足しにするためだ。まだ齢《よわい》が十にも満たないしのだったが、それで家族が助かるならと自ら志願したようだ。

悲劇は身売りされる日の前日に起きた。

何処の誰とも分からない男の元に行かされるならと、しのを好いていた若い衆とその家族が結託。家族が寝静まった頃合いを見計らってしのを攫って殺害した。詳しい殺害方法は不明だが外傷は殆ど無かったらしい。しのの死体は美しい死に化粧と村で一番高級な着物と宝飾品で貴族と見紛うほどに彩られ、ある地蔵の下に埋葬された。

その後、しのの死は身売りを嫌がり逃げ出して行方不明になったということで処理。しのの家族は人身売買を生業《なりわい》とする輩から責任を追求され、一家まとめてどこかへと連れて行かれた。

それから月日が流れ、しのを埋葬した地蔵が壊れた。誰かが壊したとか台風が原因だとか諸説あるらしいが、兎に角地蔵は木っ端微塵になったそうだ。

地蔵があった場所の下には何もなかった。しのの骨はおろか着物や宝飾品すら何一つ残っておらず、代わりに大きな穴だけがあった。丁度子供一人分くらいの穴だった。

その日以降、村ではしのらしき少女を見かけるようになった。夜中に一人、村の中を彷徨っては誰かを探しているようだった。村人はその少女のことを裏＝死後の世界より舞い戻ったしの、ウラシノと呼んで恐れた。身勝手な理由で自分を殺して隠蔽、挙げ句そのせいで家族が悲劇的結末を迎えたのなら恨まれて当然だ。事件の当事者とその家族は探しているのは自分達だと確信し、なんとかしてウラシノに対抗しようと高尚なお坊さんを呼んだ。

お坊さんはウラシノに見つからないよう身代わりになる物を用意しなさいと助言した。それを聞くと当事者達は急いで人形を作り、それぞれの家の前に吊した。当事者じゃない村人もとばっちりを受けないよう同じく人形を吊した。すると次第にウラシノを見かけることは減っていき、村に現れることはなくなったという。しかしウラシノが消滅したとは限らずまた戻ってくる可能性もあるため村では引き続き人形を吊し続け、それは村がなくなった今でも風習として残っている……。

その話を聞いて幼い私はなんてひどい話なんだと思った。しのという女の子は何も悪いことをしていないし村人は恨まれて当然だ、きっちり罰を受けないといけない……と。とは言え、無関係な私達にその矛先が向くのは嫌なので人形を吊すのも仕方の無いことか……と納得もできた。

ぼろぼろの人形は不気味であり良い気分ではないが、慣れてくるとそこまで気にならなくなっていった。そんなことより祖父母の畑仕事を手伝ったり従姉妹と山の中で遊んだりすることが楽しくて、ウラシノの話は頭の片隅に追いやられていった。

小学五年生の夏休み。

いつものように祖父母の山荘で遊んでいた。その日は従姉妹と一緒に山荘で一泊することになっており、夜遅くまで大騒ぎしていた。しかし十一時を過ぎた頃から眠気が襲ってきて、日付を跨ぐ前には全員床に就いていた。雑魚寝だったが何も気にならず、すぐに眠れた。

深夜。

尿意を感じ、目が覚めた。寝る前にトイレに行かなかったことを少し後悔した。

皆が寝静まり、虫の声だけが聞こえた。周囲は真っ暗、時計は見えず正確な時刻は分からなかったが、多分夜中の三時か四時くらいだっただろう。

そんな時間にトイレに行きたくはなかったが、我慢はできそうになかったので渋々行くことにした。

電気を点けるのは悪いと思い、壁に手をついて慎重にトイレへ向かった。足元がろくに見えず怖かったが幸い転ぶこともなく辿り着き、無事に用を足すことができた。

早く寝室に戻ろうとしたその時。

窓の外で何かが動いているのが見えた。

街灯がないのでその形は闇に溶け込んでいて分からない。

だがその何かは巨大な体を持っており、これまた巨大で一つだけの眼球を血走らせていることは分かった。

そいつは隣の山荘を見つめていた。何故かは分からないがただずっと見つめていた。

私は悲鳴を押し殺して寝室に駆け込み、頭から布団を被って身を震わせた。どんなに暑くても布団から出られなかった。もしかしたら布団の外で一つ目が見つめているかもしれない……そう思うと心臓がばくばくと飛び跳ね、抑えることができなかった。

結局、眠れないまま朝を迎えることになった。

朝食の席で私が夜中に見たものについて正直に話すと、祖父はウラシノを見たのだろうと言った。でも私にはあれがウラシノとは思えなかった。以前聞いた姿形とはあまりにも違い過ぎる。美しい少女と一つ目の巨大な化け物を見間違うわけがない。

でもそのことを言い出せないまま、どの家も人形を吊しているから大丈夫ということで話は終わった。

大人になってから分かったのだが、山荘があった土地にウラシノに関する資料は一切ないらしく、あの話を知っているのはあそこに住んでいる人くらいだという。しかも先祖代々住んでいる人はいないようで、一体誰がウラシノの話を伝えたのかは不明。祖父もどこかのおじさんから聞いた気がする……なんて不確かなことを言っていた。

ウラシノについてですらこの始末のため、私が見た謎の一つ目に至っては何一つ分からず闇の中だ。

……これは私の仮説なのだが、ウラシノとはあの一つ目の目撃談が伝言ゲームのように間違って伝わった結果か、誰かが適当に脚色して出来た物語なのではないだろうか。勿論全く別の存在の可能性も高いが、夜の帳の元蠢く何かが家々を回っているという点が合致していることから突飛な話とまではいかないはずだ。

だが、もしウラシノの物語が完全な虚構だとしたら一つ気がかりなことがある。

最近、隣に立つ山荘の持ち主一家が全員干からびた状態、所謂《いわゆる》変死体で発見された。

一つ目が見つめていた家の住人だ。あの一件から随分と時も経っているしその家の玄関には人形が吊る下がっていたので関係はない……そう思いたい。

でも、もしかしたら。

あの人形を吊す風習には何の効力も無い……その可能性は大いにあり得るのだ。

今年で共に米寿を迎える祖父母だが、今日も元気に畑仕事をしているらしい。
……あの山荘で。

授かり地蔵

酒解見習

今日、久しぶりに理沙とお茶した。メールやＳＮＳのやり取りはあったが、実際に会うのは彼女の結婚式以来だからもう二年近くになる。

一流企業、しかもオーナー企業の御曹司との玉の輿婚というやつだが、二股三股は当たり前、といった彼女の以前の行状を知る人間は、心からおめでとうと言う気にはなれなかったと思う。結婚披露宴に招待された〝事情を知る人達〟（私もその一人だが）が、いかにも育ちの良さそうな新郎を気の毒そうに眺めている光景が妙に印象的だった。

久しぶりに会った理沙はいかにも御曹司の奥様らしく、上から下までブランド物で固めていた。何だか〝完全武装〟という言葉が浮かんできたくらいだ。値踏みするのも不愉快だからやめておいたが、立場上みすぼらしい恰好は許されないという事情も、分かるには分かる。

一方、その煌びやかないで立ちとは対照的に、表情の方が今一つ冴えない感じだ。一通り世間話が途切れた後に、水を向けてみた。

「あんた、ちょっと疲れてない？」

「やっぱ、そう見える？」

何だか元気が無いように見えたのだが、やはり何かあるらしい。

「子供がねえ……」

「なかなか出来ないの？」

理沙は、無言で憂鬱そうに頷いた。


確かに創業家の御曹司ともなれば、やはり「跡取り」という言葉は、他の家とは違った重みを持つ筈だ。陰に陽に周囲からプレッシャーもかけられるのだろう。

「ぼちぼち二年になるからさあ……やっぱり子供出来ないときついよね」

「産んで、子育てとかする気あんの？」

「まあ、しょうがないじゃん。今の生活維持するためのコストみたいなもんだから。生まれりゃなんとかなるでしょ。それに家政婦とかもいるし」

「……ふーん……」

割り切ったものだ。まあ、彼女らしいと言えば言えるけど。

「不妊治療は？」

「旦那が慎重なのよ。世間体みたいなもの気にしてるみたい」

「別に恥ずかしい話じゃないじゃんね」

「外野が色々うるさいのよ。ジジイやババアは頭古いから。自然なやり方で生まれた方がいいって信じてるみたい。〝天然もの〟じゃないと駄目だと思ってんじゃない？　全く、魚じゃないっつーの」

天然ものには思わず吹いた。とは言え、本当に困っていそうな理沙の表情を見てるうちに、私は、ある噂を思い出した。

「じゃあ、まあ、ダメ元でひとつ試してみる？」

「何を？」

「あたしの実家の方にさ。〝授かり地蔵〟ってお地蔵さんがあるのよ。そこにお参りして、赤ちゃんを授けてください、って願えば、必ず妊娠するらしいよ」

「本当？　それって、なんかいかにもイージーな感じじゃん」

「本当よ。そこに行った女性は、必ず妊娠するって地元では昔から有名な場所なの。ただ、本当に子供が欲しい人だけのものだから、あまりオープンにはなってないの。だから口コミベースで伝わってて、知らない人も多いみたい」

「ふーん」

「場所も街中からは少し離れてるの。人が殺到すると困るから、分かりにくいところに置いてあるみたい。でも別に山の中にあるってわけでもないのよ。興味あるなら地図書いてあげる」

「あんたは行ってくれないの？」

「うーん、実はあたし、今ちょっと実家の方に顔出しにくい事情があってさ……悪いけど」

「ああ、なんとなく分かる……」

「まあ、どうせお金取られるわけじゃないし、失敗してもダメ元だと思えば気休めぐらいにはなるんじゃない？　あたしの実家ったって、X県だからやろうと思えば十分日帰り出来るよ」

「ふーん……じゃ、行ってみようかな。で、なんてお参りすればいいの？」

「言葉はどうでもいいから、要は心みたいよ。お地蔵様に向って『私はどうしても赤ちゃんが産みたいのです。どうぞ私のお腹に赤ちゃんを授けて下さい』って心から願えばいいみたい」

「わかった。じゃ、地図くれる？」

私はナプキンを何枚か使って、詳細な地図をその場で書いた。


数日後、理沙から電話があった。

「行って来たよ。あんたが言った通り少し分かりにくかったけど、地図が良かったから、何とか迷わずに行けたわ」

「良かった。ちゃんとお参り出来た？」

「うん。私の前に男が一人お参りしてたからちょっと待ったけどね。去り際にあたしのことジロジロ見てたけど、睨み返してやった。だいたい男が授かり地蔵に来るってのも変だよね」

「……ふーん」

「とにかく『私はどうしても赤ちゃんが産みたいのです。どうぞ私のお腹に赤ちゃんを授けて下さい』って何度も何度もお地蔵さんにお祈りした。そしたら何となくお腹の辺りに温かいものを感じたような気もしたの。気のせいかもしれないけどね」

「それでいいんだと思う。じゃあ、きっと上手くいくと思うよ。あとは信じることよ」

「わかった……」

「また、結果教えてね。あたしも教えた手前、気になるからさ。じゃ、頑張ってね」

電話を切りながら、私自身も彼女の妊娠を願っていた。


約三か月後、また理沙から電話があった。

「もしもし、加奈子？」

「理沙？　その後どう？」

「今日検査結果が出たのよ。そしたらね……」

「うん……」

「何と双子だって！」

「へえー！」

「もう、バッチリよ！　やっぱりあのお地蔵さん凄いわ。加奈子、本当いいこと教えてくれたわ。有難うね」

「そんな、お礼なんかいいのよ。とにかく良かったね」

とりあえず、あの時のお参りの効果があったらしい。それにしても、理沙が行ったとき、先に人がお参りしてたなんて、意外だった。

あそこは、地元の人は滅多に行かないような場所なのに。そして男はまだしも、女性は絶対に行ってはいけないとされている場所なのだ。


あの土地は、遠い昔から水子達の捨て場として使われて来た。つまり、あそこは生まれることを許されなかった小さな命たちが、長年に渡って葬られてきた場所なのである。あのお地蔵様も、元々水子供養の為に置かれたものなのだ。

そのお地蔵様も、代々そこに捨てられてきた水子達の数があまりにも多すぎるために完全には供養できず、常に多くの霊が辺りに漂っているらしい。だから、あの場所は代々忌み地とされてきており、特に女性は絶対に行ってはいけないとされている。理沙が見た男性は、多分自分が関わった水子の供養の為にでも手を合わせていたのかもしれない。そこに彼女が現れたから思わず驚いてジロジロ見たのだろう。

産んでもらえなかった怨みを抱えたまま、長年に亘って澱み続けていた命がうようよと漂っている場所……そんな所に女性が行ったら、どうなるか。それらの命は、生まれ変わりのチャンスとばかりに、その人の子宮に飛び込んでくるだろう。だから、あそこを訪れた女性は〝必ず〟妊娠することになる。そして、今度こそは流されまいという凄まじい執念を持って、その小さな爪で彼女の子宮にしがみつくのだ。同時に、流されないうちに成長してしまおうとして、恐ろしい勢いで細胞分裂を始める。怨念に操られた無目的な細胞分裂……それはもはや暴走であり、即ち癌化した細胞の増殖を意味する。小さな爪を立てながらべったりと子宮にへばりついて恐ろしい勢いで増殖する癌細胞……そこを訪れた女性は確かに必ず妊娠する。が、その後間もなく死ぬことになる……そこでお参りをした女性が早死にするという事実が相次ぐうちに、あそこに女性は行ってはいけないという暗黙のルールが自然に出来上がってきたのだ。

ましてやそんな所に行って「私はどうしても赤ちゃんが産みたいのです。どうぞ私のお腹に赤ちゃんを授けて下さい」なんて祈ったらどうなるか……その結果が聞きたくて、私はこの三か月間、理沙からの電話を心待ちにしていたのだ。

理沙、本当におめでとう！　二つも授かったなんて、さすが授かり地蔵だわ。ふふふふ。

その花、曼珠沙華

今野綾

そこに行ってはいけない
人生には分岐点が必ず存在する。私はあの日の自分に言いたい。
そこに行ってはいけない、と。
後悔は押し寄せるが、引き返すことは出来ない。夏を過ぎた頃、あの花が私の心を蝕んでいく。

私が田中さんと知り合ったのは派遣先の観光施設でのことだった。

元々、私は主に結婚式場へと派遣されるウェイトレス。しかし稀に繁忙期の観光地での売り子などとして派遣されることがあった。

関東でも人気のあるその高原は、牧場あり、美術館あり、遊園地などもあって、とにかく怒濤の如く人々が押し寄せる場所だった。

私はお盆の頃、その高原にある牧場でひたすらソフトクリームを作るという作業を割り当てられていた。

毎日小さな山小屋で田中さんと二人、驚く程のソフトクリームを売りさばく。笑顔を張り付け、腱鞘炎になりそうなくらい、黙々とソフトクリームの山を作っていった。

田中さんは地元のおばさんで、小太りながらきびきびと動く、頼もしい戦友と言う感じだった。客が引けた時や店仕舞いをした後、田中さんと私はお互いの話を少しずつしていき、夏の書き入れ時が終わる頃にはすっかり気心の知れた間柄となっていた。

私は繁忙期の間、派遣会社の寮に泊まって仕事をしていた。忙しさの波が去ると自分の生活圏に戻る。山から街へと、県を跨ぐ移動。田中さんとはきっと二度と会えなくなるのだと思っていた。派遣業ではよくあることだ。

繰り返しばかりの日々、田中さんの素朴な笑顔は疲れた心にふんわりと灯る明かりのようでもあった。名残惜しい。笑顔で別れを口にしたとき、素直にそう思っていた。親子程の歳の差、遊びましょうなどと言うのは憚られ、そのまま言えずに田中さんとは別れた。

そんな田中さんから直ぐに連絡が入ったのは、嬉しい誤算だった。

『秋が深まる前にうちに遊びに来ない？　お互い働きすぎたからちょっとだけのんびりしましょう』

短い内容。でもしっかり住所が書かれており、本気度が窺えた。

『嬉しいです！　でもお宅に伺ったら、田中さんが休めないんじゃないですか？』

『布団を出すくらいなんてことないし、夕飯は買ってもいいし。とにかく会いたいから来て』

私は図々しいと思いつつ、手土産を弾めばいいと考えて、その好意に甘えることにした。

手土産は迷いに迷って、地元で有名な珈琲《カフェオレ》大福。生クリーム入りで日持ちもしないし、まだ暑いので保冷剤を山ほど入れられるのは予想出来た。それでも休憩の度に珈琲を飲んでいた田中さんを思い出して、重さには目をつむりこれにした。甘いものも好きらしいから是非珈琲大福を持っていきたかった。あとは田中さんの年齢を考えて、乾物を色々と。

背中に背負ったリュックに着替えを入れ、手に引いた小さめのスーツケースにお土産をぎゅうぎゅうに詰め込んで、いざひと夏過ごしたあの高原へ。

電車に揺られて一時間以上。乗り換えたローカル線。車窓からは夕焼けに染まる自然豊かな風景。垂れ始めた稲穂たちが揺れている。緑眩しい山肌も優しい紅になり始めていた。赤だ。空も景色も。

美しい風景を眺めていたら、いつの間にか田中さんの待つ高原の駅に着いていた。ガラガラとスーツケースを引っ張り、久しぶりに降りた観光地にある小さな駅。ワクワクした気持ちで足を踏み出す。

そうそう、私の住む街より空気が涼やかなのだ。しかも、前回来た時には至るところ人だらけだったのに、今は見渡す限り三台の車と、数人の歩行者のみ。今回は静けさすら伴って、住んでいる街とは別世界だった。

三台並んだ乗用車、真ん中の白バンからひょこっと顔を覗かせた田中さんを見て、私は思わず手を挙げた。

田中さんはやや間があってから私に目を止めて、手を挙げ返す。

私はその時、微かな違和感を抱き、挙げた手をゆっくりと下ろしていく。たった数週間会わなかっただけで、顔を忘れてしまったのだろうかと自問自答する。田中さんってこんな顔だったかな？　なんて思っていた。近付いてきた田中さんに向け、違和感を慌てて隠し笑顔を作る。

「わざわざありがとうね。それにしても飯田さんってば、仕事の時と違ってお洒落さんだねぇ」

あっと思って、今度は心からの笑顔。そうか。私が田中さんのことを違う人みたいだと感じたように、田中さんも私をそう見ている。

私たちが会うときは、ユニフォームの水色と白が交互に引かれたストライプのエプロン姿。白シャツに黒のスラックスがお決まりだった。

今日の田中さんは、お世辞にもユニフォームの爽やかさはなく、渋い配色のトレーナーに色褪せたデニム姿。田舎のどこにでもにいる普通のおばさんだ。毎日顔を合わせていた時より、少しだけ痩せたような気はする。

かく言う私も半袖のワンピース姿でそこここにいる普通の二十代。逆に私は仕事がひと段落して、あの頃よりちょっぴり太ってしまった。

違和感を払拭した私は満面の笑みで語りかける。

「田中さんだって！　ユニフォーム姿と違います」

「ユニフォームって凄いねぇ、イメージがらっと変わるわ」

そう言いながらスーツケースを私の手から取り、ノロノロと車のトランクに乗せた。そして私のリュックにも手を伸ばすが、私はこれを丁重に断る。リュックには財布が入っているし、夕飯は外で食べようと約束していたからトランクに入れてまた取り出す手間を避けたかった。

とりあえず約束通り駅の近くにある居酒屋にて早めの夕飯を済ませた。場所柄、人が居ないのは仕方ないが、田中さんと私しか客がおらず、店主はなんだか気持ち悪いものを見るように私たちを見るから、お世辞にも居心地がいいとは言い難かった。

「あまり愛想が良くない店主ですね……」

私が小声で言うと田中さんはぼんやりと宙を見つめ、呂律が回らないようにぽつりぽつりと話す。

「ああ……そうかい？　田舎の人は……互いに助け……合っているような、合っているように、思われてるけど、実際は……冷たいもんさ。困ってたって手なんか……かしてくれないんだ。あんたら都会……の」

「田中さん、大丈夫ですか？　あれ？　飲んでいませんよね？」

「あ？　飲んじゃいないよ。厄介ごと……を……嫌うのさ……」

田中さんはお酒が入っていないはずなのに話すのが難儀なようで、項垂れた頭を上げるのも億劫らしい。あげようとすると体がゆらゆらと揺れる。

「あの……大丈夫ですか？　体調とか？」

「ん？　ああ、眠くなってきちまって……出ようか」

「あ、じゃあ私トイレ寄りたいので先に出ていてください」

ヨロヨロと立ちあがり出ていってしまった田中さんを見届けて、トイレを拝借する。トイレから出てきた後、お金を支払っていないことに気がつき、カウンターの向こうでじっと私を見つめる店主のお爺さんに会計を頼んだ。

「あんたさ……」

「はい？」

終始ぶっきらぼうのお爺さんはお釣りを私に手渡してから呟くように言う。そして、入り口の硝子戸をチラリと窺う。

「これからどこへ行くつもりだい」

「ええっと……富……なんとか村です」

瞬時にお爺さんの顔に変化が表れた。これはなんだろう。読み取る前にお爺さんは背を向けてしまった。

「あんた、今すぐ帰った方がいい。さっきのあれ、俺の知り合いにそっくりだった……」

「あれ？　田中さんですか？」

お爺さんはピクッと右肩だけ上げ、絞り出すような低い声で言う。

「これ以上話すことはねぇ。あんたは早く行け！」

客なのに追い出されるのは初めてで、驚きと屈辱で深く傷付いていた。もうこの店には一秒だって居たくないと身を翻して店を出た。


車に乗り込むと田中さんはスイッチが入ったように動きだし、車のエンジンをかけた。ショックで言葉がでない私をよそに、何も気がついていないのかさっさと車を発進させる。あんな状態で車を運転して問題ないのだろうかと心配だったが、屋外に出たら夜風に当たったせいか田中さんは元のしっかりとしたおばさんに戻っていた。

赤かった小さな街は、すっかり暗闇に包まれていた。夏の名残を惜しむように虫が鳴いている。田舎の夜はどこまでも暗く、静かだった。

特に小さいときから駅の近くに住んでいた私にとって、車で連れていかれた田中さんの家は、ちょっと不気味だと思えるほど静かで、辺り一面漆黒の闇のように感じていた。

たぶん、周りに民家がないと思われる。いや、あるのかもしれないが家から漏れる灯りが木なんかに遮られて見えないだけかもしれない。車のライトに照らされる道だけが今の私が見られる全世界。

ちらりと田中さんを窺うと、店を出た辺りから口数が減っていて、今は運転に集中しているようだ。

それはそうだろう。

田中さんの世界だって光の当たる部分のみ。

道はあまり良くないから、集中してもらった方がいい。

静寂と暗闇。二つが揃っただけで言い様のない不安が私を蝕んでいく。あんなに楽しみだったのに、今は田中さんの誘いに乗ったことに後悔し始めていた。それほど人の存在を感じられない環境は不馴れで、怖かった。

車が停められた時、目の前に浮かび上がっている古民家に更なる恐怖心がわいてきて、唾をごくりと飲み込んだ。

屋根に雑草がはえている。築何年だろうか。雨戸は木製で、あちこちガタが来ている様に感じたが……、パッと車のヘッドライトが消されてしまい、もう見ることは出来なかった。

次にガチャと言う音と共に車の室内灯が灯り、田中さんが無言で車から降り出た。私も助手席のドアを開けたが、深い雑草の中に足を出すことに躊躇った。

通ってきた道は砂利道だったが、ここは草の無法地帯。何種類の草が生えているのかもわからないが、地面が見えないあたり底無し沼に足を突っ込む気分だ。そっと差し入れた草の中。ぬるっと柔らかいのは草のせいなのか、それとも土がぬかるんでいるのだろうか。

田中さんは再会した時同様、さっさとトランクを開けてスーツケースを抱えあげると、バタンとトランクの扉を閉める。その音は闇にスッと吸収されるように消えていく。

暗闇なのに見えているように玄関に進んでいく田中さんを、リュックを背負いながら恐る恐る追っていく。玄関は鍵を掛けていなかった。直ぐにガラガラと乾いた音を上げて開けられ、明かりがつけられた。

真っ直ぐ伸びた廊下の先がまたもや暗い。暗いと言うのは先が見えない。先ほどの底無し沼を思わせる得体の知れない恐怖を再び感じていた。

ここでも田中さんは靴を脱ぐと、振り返りもせずにずんずん廊下を進んでいく。暗闇に一瞬消えたと思ったら、ポッと明かりがついて廊下の全貌がハッキリと見てとれた。

「あがっといで。虫が入っちゃうから、早く」

明かりの点いた部屋から田中さんの声が聞こえた。確かに古めかしい電球目掛けて無数の小さな虫が飛び交っている。私は急いで中に入り、玄関の戸を閉めた。

戸を閉める時、見なきゃ良いのに今来た道を見てしまった。絶望的に何にも見えない。ただ見えないだけなのに退路を絶たれたようなこの気持ちは一体なんなのか。

「お邪魔しま……す」

私は古い家で嗅いだことのある独特な香りを感じとりながら田中さんの家へと上がって行った。線香とは違うが、松のような匂いに煮物の甘さを足したような不思議な香り。そして少しばかり埃っぽい。慣れないからか、私にはあまり心地よく感じられずに、顔をしかめる。

靴を脱ぎ廊下に足を置いた時、ギギギと板が軋む。ヒヤリとして足の置き場を変えてみたら、やはり軋む音がしたが、初めのよりはずっと小さく嘶《いなな》いただけだったので、出来るだけ音が鳴らないようにそろそろ足を出していく。

抜き足差し足に近い足運びだ。

それでも軋むのだから、仕方ない。シンとした屋内に響いているようで身を縮めて歩んでいった。

田中さんの居る部屋にたどり着くと、田中さんが布団に生成り色のシーツを掛けているところだった。

「後でトイレの場所は教えるよ」

ああ、はい。と、間の抜けた返事をし、何もない和室を見渡した。本当に何もなかった。家具がないのは客間だからだろうか。それにしても壁にすら時計やカレンダーの類いもない。殺風景過ぎて空き家同然。

ただひとつ部屋に置かれた私のスーツケースに歩み寄る。スーツケースの横にリュックを下ろすと、ゆっくりスーツケースを倒して開いた。

「田中さん、コーヒー好きですよね？」

言いながらビニール袋に入った箱を取り上げる。それを持って顔をくるりと田中さんに向けた。

私は振り向いて見た田中さんの表情が気になって、続きを言うことなく口を閉じた。

夏の間、一緒に働いていた時はいつでもにこやかに垂れている目だったはずだ。それなのに、今は……角度こそ変わらないが、全く感情の籠っていない表情。まるであの頃とは別人のような……。

私の知らない誰か。そんな風に思ったけれど「ああ、好きだねぇ」と、少し遅れて返事が来て、気のせいなのだと思い直した。

私は手土産を差し出した。田中さんはしばしそれを見つめる。手をなかなか伸ばしてくれないのは、遠慮かもしれないと私は口を開く。

「うちの近くにある和菓子屋さんの人気商品なんです。珈琲《カフェオレ》大福。よかったら受け取ってください」

私はその瞬間、田中さんが視線を外し目をさ迷わせたのを見てしまった。なぜなのか、気まずそうな反応をした。しかし、直ぐにそれは笑顔で上書きされて消えていた。

「それはありがとう。楽しみだねぇ」

空気を読み田中さんとの会話を切り上げてもう寝てしまった方が良いと考えはじめていた。どうも会話が旨いこと嚙み合っていない気がする。

「あー……私、お腹いっぱい過ぎて今日はこのまま先にお休みさせて貰いたいのですが」

言い終えた私が田中さんを見たら、また目が泳いでいた。こんなこと、一緒に働いていた時には一度だってなかったはず。にこやかに頷いて、互いの目が合ってまた笑い合う、そんな日々を送っていたと思っていた。

私はどうしたらいいのか途方に暮れて、たまたま視界に入ったスーツケースの中身に助けを求めた。

「これはうどん。ちょっと太めなのが美味しいんですよ。あと、使うかどうかわかりませんが、お麩、こっちは季節外れですけど切干大根です。近くの農協に行って買って来たんです」

私は次々に持ってきたものを出しては説明し、そして畳に置いていく。一個一個が大きいだけで種類はあまりないから、直ぐに出し終わってしまった。再び田中さんを見ると、田中さんは身を屈めて私が持ってきたお土産の数々を手に取っては腕の中に収め、抱え込んでいた。

「あんたら都会の人は……優しいな……優しいんだ。ここにはもう……だぁれも優しい人は」

「あ、私も持ちますから……」

そう言って、最後の一個になっていたうどんの袋を持った。会話が弾まないのは、お土産が気に入って貰えなかったからだろうか。意気消沈して、再び無口になり背を向けて部屋を出て行こうとする田中さんの後についていった。

この家はどこもかしこも殺風景だ。物が極端に少ない。台所にお土産を置きに行った時も、必要最低限のものしかなくて内心驚いた。まるでこの家だけ時代に取り残されているのではないかと感じるほどだった。

私は居心地の悪さを口にはせず、底が見えない穴のある和式トイレと洗面所だけ借りて、疲れたから寝たい旨を伝え、田中さんには悪いと思いつつ、やはり早々に寝ることにした。

布団に入ってスマホを手に、私は帰る電車の時間を調べていた。楽しみにしていたけれど、私にはこういう田舎は合わないらしい。田中さんには会えたし、お土産も渡せたのだから、これで帰っても問題ないと自分を納得させた。本当は事前の約束では三泊する予定だったのだけど、無理だ。暗くて静かで不気味だと思ってしまったら、もう帰りたくて仕方なくなってしまったのだから。

カタカタと窓が鳴る。風が出てきたらしい。静寂は怖いと思っていたのに、これはこれで不安を煽る。

私はスマホを抱え込んだまま、布団を頭から被った。綿入りの布団は重くて暑い。それに仕舞われていた匂いがして、息苦しい。

顔を布団に入れてしまうと今度は出すのが怖い。早く夜が明けてくれることを祈って、半ば強引に眠りについた。

私は寝付きと寝相の良さは自慢できる程、人より優れている。だから真夜中、頭に布団を被ったまま息苦しさで目が覚めた時、寝た時のままの体勢だったことに驚きはしなかった。

それよりも、敷き布団と掛け布団の間から見える室内に、薄明かりが差していることに一瞬にして意識が覚醒した。

足。足が見えたのだ。

目の前を歩く足。これは生身の人間、たぶんそう。この家には田中さんしかいないはずだから、きっと田中さんだろう。相手がわかるからと言って私の背筋を走る寒気が消えてなくなる訳ではない。むしろ、私が寝ている部屋に来て、何をしているのだろうか……ゾクッと戦慄《わなな》いて更なる寒気が走り抜けた。

息を殺し、ピクリとも出来ずに窺う私の前で、その足は動きを止める。私の心臓はあらんかぎりの警告音を鳴らし、私はその激しさに焦る。聞こえてしまう。そんなにバクバクしたら。速まる血流。鼓動がどんどんピッチを上げていく。そして緊張が頂点に達しようとした時だった。

私の目の前にヌッと現れた顔。予告なしに同じ位置に顔が現れ、私を見ている感情のない瞳。

「ヒャ！」

悲鳴は思いの外小さく漏れた。布団の中を覗き込む顔が田中さんだったから声が小さく抑えられたのか、声を出してはいけないと言う意識が働いたのか、自分でもそこは定かではない。ただ、悲鳴を上げた私を見て田中さんの虚ろな目は意思を持ったようにしっかりと焦点を取り戻した。そして、思い出したかのようにじわりじわりと上がる口角。満面の笑みは能面で見る作り物によく似ていた。

「ああ……ごめん……ごめん。息苦しくないのか心配になってねぇ。起こすつもりはなかったんだよ」

「いえいえ……こちらこそ悲鳴なんて上げて申し訳ないです」

「いや、驚くよねぇ。まさか起きているとは」

田中さんはそう言い残すと部屋を出て行った。

私はその意味をすっかり覚めてしまった頭で考えていた。田中さんの言葉の意味を。起きていたことに驚いたのは田中さんだったのか、私だったのか。どうでもいいようなことだけれど、なぜか言葉の溜め方がひっかかった。まるで私が起きていてはいけなかったような響きだったような気がしたのだ。

そのまままんじりともせず、夜が明けた。ガタガタと雨戸を開けているのであろう音で、私はやっと布団から出て行くことが出来た。

家に入り込んだ日の光の線は私を安心させるとともに、不安にもさせる。

この家は本当に普段から使われているのだろうか。あまりに埃っぽく、あちこちおかしなくらい手入れがなってない。天井についた蜘蛛の巣だったり、畳のささくれ具合だったり。布団だって、なんだかうっすら茶色に見えて、一晩これを被っていたのかと思うと、私の身体に虫唾が走る。

やはり、一刻も早く帰りたい。田中さんの元へと向かう為、私は廃屋に近い家の中を歩いて行った。

帰りたいとなかなか言い出せないのは、田中さんが朝からほとんど口を利かなかったから。不機嫌だと言っても過言ではない。一緒に働いていた時にこんな一面を見ていたら、私は絶対に今回の小旅行をする気にはならなかったはず。

会話らしい会話のないまま、ご飯とみそ汁、なんだか生臭い焼き魚と言った朝食をご馳走になった。私は一緒に台所で食器を洗っている時、意を決して出かけたい旨を伝えてみた。

「私、お土産買いたいんですよね。駅の近くに結構あったと思うので、申し訳ないのですが、連れて行ってもらえませんか?」

カチャカチャと食器を洗っていた田中さんの手が止まる。こういう間《ま》がとても気まずい。答えに困っていることが伝わって来るし、そうされるとなんだかとても我儘を言っているような気持ちになって、私もそれ以上なんと続けていいのか分からなくなる。

再び動き出した田中さんは、瀬戸物のご飯茶碗についた泡を水で洗い流していく。

「そうだねぇ……お土産か。じゃあ、片付けたら行こう」

本当はそのまま用事が出来て帰るという話をしようと思っていたのに、渋々許諾したのが伝わってきて、私は用意していた嘘を吐くこともできなかった。

田中さんの家を出る時、私はリュックサックを背負っていたが、荷物はほとんどスーツケースに置いていった。ここに戻って来たくなくても、嘘を言い出せなかった以上、荷物を持っていくのは不自然だ。それに家が嫌だったり、田中さんが思ったような人物ではなかったとしても、約束をしたのに急に予定変更するのは大人としてどうなのかと考え直したのだ。

正直この家でまた夜を迎えるのは嫌だ。布団に入るのも嫌だ。ならば、明かりをつけっぱなしにして、田中さんと飲み明かしたらどうだろうか。お酒を買ってこよう。私はそう心に決めて玄関先で私を待つ田中さんの元へと出て行った。

私は外に出て初めて、そこが辺り一面紅い花で覆われていることを知る。圧巻だ。昨日は夜だったから花が閉じていたのだろうか、全く気が付かなかったが、とにかく膝辺りまである花がびっしりと茂っていた。

「うわ……すごい綺麗ですね。この花見たことはあるけど、こんなに咲いているのは初めてみました。すごい！」

私は家と雑木林の間を埋めるように咲き誇るその変わった花弁を持った花に見惚れていた。紅に近い赤色。葉はないのだろうか。とにかく花、また花の連続。

「綺麗か……」

「はい！　この花なんて言うんですか？」

「その花……曼珠沙華《まんじゅしゃげ》だよ……そうか、綺麗か」

私は後ろで呟くように答えた田中さんに顔を向ける。

「綺麗じゃないですか？　この辺ではあまり珍しくないんですか？」

田中さんは花から顔を背けるように俯くと「珍しくないね、私はこの花嫌いだよ」と言って、車に乗り込んでしまった。

私は足元までびっしりと並ぶ曼珠沙華を目に焼き付けて、リュックを背負い直し、後ろ髪を引かれる思いで車に乗り込んだ。こんなに綺麗な光景を見たことがないと思ったのに、それを共有できないのは寂しかった。

田中さんは本当に一緒に働いていた時とは印象が違い過ぎる。

車はなんの躊躇いもなく曼珠沙華をひいて出発した。ハエすら手で追って、殺そうとしなかった田中さんのあの優しい笑顔は今回見ることが出来ないまま終わりそうだと悪路に近い道に身をゆだねていた。

一日も経っていないのに、駅前の商店街を見るとホッとした。人がいることにも、音がすることにも。

田中さんは買い出しに行きたいから別行動をしようと言ってくれたので、私はずっと感じていた居心地の悪さから解放されて、一軒のお土産屋さんに足を踏み入れた。

今風のなんでも置いてあるお土産屋さんだ。ご当地プリクラが撮れる機械があったり、明らかに中身は普通のサイダーであろうご当地サイダーなど、俗物的なものを眺めていたらある人に声を掛けられた。

「よぉ。飯田ちゃん」

中年と言うには申し訳ないようなはつらつとしたこの人は、私が登録している派遣会社の社員。山下さんだった。

「え。山下さんどうしてここに？」

「ん？　夏の間はここにも人を派遣してるから、挨拶周りだよ。それより飯田ちゃんはなにしてんの？」

私は手にしていたサイダーを棚に戻して、なんとなく入り口の自動ドアを見た。田中さんが居るわけないのに、なぜか確認せずにはいられなかった。

「私、田中さんに誘われたので来てみたんです」

山下さんは少し驚いた顔をして、それから頷いた。

「田中さんお盆辺りは元気だったからな。お墓参り？」

「え？」

「え？　田中さんでしょ？　古い家を手入れしに行ったまま、なかなか戻ってこないって探しに行ったら、倒れていたらしいよ。突然だったけど、話に聞いたところじゃ少し前からちょっとずつ痩せてきていたらしいから、どこか悪かったのかもね。でもまだ亡くなるには早すぎる」

私は目を見開いた。先ほどまで一緒だった田中さんは雰囲気こそ前とは違うが。

「んで、飯田ちゃんどこに泊まってるの？　まだ居るなら今夜どこかで飲もうぜ」

「田中さんのお宅に泊めてもらってるんです……」

「へぇ、君たちそんなに仲良かった？　ご親戚のお宅に？　田中さんの家ってどこだっけ？　伊津町だったかな」

亡くなったと言う誤情報を正したいのに、山下さんの話は止まらない。とにかく私は聞いた住所と違うので首を振った。

「福富村ってありました」

山下さんは私の言葉に浮かべていた笑顔をスッと引かせた。幾分顔色も悪くなった気がしたが、なにせ肌が黒いので思い違いかもしれないが……。

「え……福富村？　何かの間違いじゃないの」

私はそう言われると確信が持てなくて、スマホを取り出して田中さんからもらったメールを確認して、山下さんにその画面を見せた。

「ほら、福富村二 - 二十二って書いてあります」

山下さんの顔色が今度こそ青く変わった。そして、私が始めにしたように山下さんも自動ドアの先を見て何かを確認する。

「飯田ちゃん、落ち着いて聞きなよ。この辺りにはその村の噂があってさ……って言っても、その村自体今はもうないんだけどね。誰も住んでないらしいんだ」

「え？」

確かに田中さんの家の周りには一軒も民家らしきものは見当たらなかった。雑木林と開けた土地には曼珠沙華。でも田中さんの家はあったのに。

「住人は皆死んじゃったんだよ。数年おきに行方不明者が出てね。いや行方不明って言うか、住民はただ出て行っただけとか、大きな町に移住しただけって言ってたらしいんだけどさ」

山下さんは入り口に視線を置いたまま、私に小さな声で語り続ける。

「まだ住人がいたころ、そこの人が酔っぱらって話したらしいんだよ。『彼岸花が血に飢えている』って。あそこにある彼岸花は血に飢えるとじわじわと庭先に生息域を広げてくるらしいんだ。狙われた家は、誰かを差し出さないと全員殺されるんだってさ。生贄っていうの？　それさえ出せば数年は大人しくしているらしいんだけどね」


私は田中さんの家の周りを囲むように茂っていた曼珠沙華を思い出していた。でも、同じ花でも名前が違う。

「そういや、田中さんが見つかったのって福富村の場所から近かったような……聞いてる？　飯田ちゃん、田中さんのご家族に生贄にされようとしてるんじゃないの？」

「私、田中さんとずっと一緒でした。ご家族じゃありません。本人と一緒でした」

私は山下さんを見上げた。もう何が何だかわからなくて泣きそうになりながら見た山下さんは、衝撃を受けているようで言葉を失っていた。

「……俺、線香あげにいったよ。田中さんの葬式行ったんだ。一応、最近まで働いてもらってたからさ。棺桶に田中さんちゃんと入っていたけど……」

「でも、田中さんでした。ちょっと雰囲気おかしかったですけど、田中さんだったんです」

山下さんは半べそをかいている私の顔を見て、そして自分の腕時計を見下ろす。

「ここから駅まで走れば三分。上り電車が今から七分後に出る。このまま帰りな」

「でも……」

山下さんは渋る私に身を屈めて耳元で言う。

「いいかい、田中さんの家は伊津町だ。俺は履歴書を見て覚えてるし、田中さんを面接したとき伊津町の定食屋の話で盛り上がったんだ。福富村はね、もう二十年くらい前に廃村になってるはずだ。このあたりの人には、福富の噂は結構有名なんだよ」

それでも噂を鵜呑みにして、黙って帰るのはさすがにまずいのではないかと私が答えに窮していた。怖いけれど、本当は生きているのかもしれない。だって動いていたし、話していたし、雰囲気はおかしいけれど……あれは田中さんだ。私は認めたくない気持ちでぐちゃぐちゃの思考を抱え、自分の腕を抱え込み佇んでいた。小さく震えていた。カタカタと。

その時、山下さんがパッと私を隠すように動いた。そして緊迫した声で迫る。

「見た、ヤバい。今、俺も見た。田中さんの車……。早く行きな！」

冗談ではなさそうな声音に、私はとうとう「ありがとうございます」と小声で礼を言い、走り出した。背負っていたリュックが揺れている。中身が軽くてガシャガシャと大きく左右に。

言われた通り駅について切符を購入すると、滑り込むように入って来た上り電車に飛び乗った。私は置いて来た荷物や、人としてとても非常識なことをしてしまった後悔などで、居たたまれない気持ちのままその駅を後にしたのだった。

あれから一年、田中さんとはそれっきり。残された荷物のことも、失礼な行いも、問われることも無ければ、言い訳することも無かった。連絡はこず、こちらからもしなかった。私は怖かった、あの連絡先が繋がらないことも、逆に繋がって田中さんが出ることも。

山下さんとは無事かどうかのやり取りはしているけれど、至って普通の社員と派遣の関係のまま。

季節は巡って、今年は高原への派遣は断った。夏で結婚式などほとんどない街で暇を持て余して過ごしたお盆の頃。それを過ぎると、田中さんの家へと遊びに行った時期になっていた。

私は夕焼けに染まる通いなれた駅からの道を歩いていた。うっすら浮かぶ汗をぬぐい、もうすぐ自分のアパートに着くかと言うとき、心臓がドキリと凍り付いた。

今朝までなかったところに一輪の花が見事に花開いていた。見紛うこともない、この花は……曼珠沙華。そして、私は知っている。この花は別名、彼岸花ともいうことを。

あの日、綺麗だと思ったこの花から咄嗟に顔を背けて走り出す。血に飢えた彼岸花。私は小刻みに震える指先で必死に自分の家の鍵を探していた。

慌てる私はその時は気が付いていなかった。曼珠沙華の隣に佇む人の気配に。

翌日、気のせいだと思うことにして家を出てくると曼珠沙華が否応なく視界に飛び込んでくる。そして、陽炎のように揺れる影があることにも気が付いてしまった。

「田中……さん」

まるで空間の歪みのように揺れた。

「あんたの番だよ」

耳を掠める風にそんな声が混ざっていた。

土田言人の手記

戸神重明

私、土田言人《つちだことんど》は怪談作家である。金のために怪奇な体験をした人々に会い、話を聞き集めて〈実話怪談〉と呼ばれる類いの本を書いている。その中から又聞きだったり、内容が突飛過ぎて、実話としては公表できない話をここに記す。

幻の魚

東京都在住の野上義樹が亡父から聞いた話だという。亡父の君夫はS県の、森に囲まれた集落で生まれ育った。昭和三十年代の夏、当時十歳だった君夫は、同い年の少年、清二と近くの川へ魚捕りに出かけた。そこは山間《やまあい》を流れる清流で、川幅は三メートルから五メートルほど、水が澄んでいて、鮎や鰍《かじか》が数多く生息していた。

君夫と清二はヤスを持って、岸辺から魚を探して歩いた。だが、普段は幾らでもいる魚が、この日は一尾も見当たらない。それでも諦めずに粘っていると、「いた！」と清二が対岸のほうを指差した。六十センチはありそうな魚が石の上に乗り上げている。

君夫は我が目を疑った。その灰色の魚体は流線形で、鼻先が尖っており、三角形の背鰭がぴんと立って、尾鰭は三日月形をしている。学校の図書館にある魚類図鑑で見た鮫《さめ》にそっくりであった。しかし、地元の川に鮫がいないことは君夫たちも知っていた。

「何だい、ありゃあ？　変な魚だなぁ！」

「とにかく、捕まえてみようぜ」

ということになり、君夫と清二は川に入った。二人とも半ズボン姿で靴下は履いていないから、足が濡れるのは平気だ。しかも流れは緩やかで、水深も膝までしかない。ところが、二人が対岸へ着く前に、奇妙な魚は長い身体を左右にくねらせ、水中に滑り込んだ。

「あっ、逃がすもんか！」

君夫は水飛沫を上げながら走った。清二も後に続く。対岸へ近づき、透明な水中に目を凝らしたものの、大きくて目立つはずの魚はいなくなっていた。

君夫は落胆して振り返った。すると、後ろにいたはずの清二の姿がない。驚いて辺りを捜したが、どこにもいなかった。「おうい！」と呼んでも返事はなく、せせらぎと蝉時雨が聞こえてくるばかりだ。君夫は恐ろしくなって逃げ帰った。家にいた母親と祖父母に話すと、母親は清二の家へ知らせに走り、祖父は君夫に案内をさせて川原へ急いだ。やがて集落の人々が集まってきて、皆で一帯を捜し回ったが、夜までに清二は見つからなかった。

翌朝、八キロほど下流の海辺で、清二の遺体が発見された。腰から下が失われた状態で、海水浴場の砂浜に打ち上げられていたのである。上半身には鮫のものと思われる無数の歯形が残されていた。

君夫は警察から、前日に何があったのか、しつこく訊かれた。その上で警察は、清二が『川で転んで溺れ、遺体が海へ流されて鮫に食われたのであろう』との見解を発表した。けれども、それを聞いた集落の人々は首を傾げた。川は浅くて流れも緩やかなので、溺れる可能性は低いし、海まで流される前に浅瀬に乗り上げそうなものだ、というのである。

君夫はその後、東京へ出て就職し、所帯を構えたが、六十一歳で病没した。息子の義樹が小学生だった頃、海や川へ遊びに行きたい、と言うと、いつもこの話を持ち出して、「お父さんは、今でも思い出すと嫌な気分になるんだ。だから、海にも川にも行かない」と、一度も連れていってくれなかったという。

十二様

群馬県北部に住む岡野睦子が、昔、大伯父から聞いたという話である。昭和の初め、戦前のこと。睦子の大伯父である中澤連三郎は、当時三十代前半で、腕利きの猟師であった。

冬の夕方近く、雪が降り積もった山へ狩りに出かけた連三郎は、山道で足を止め、急斜面の崖を見上げた。岩の裂け目から生え出た松の大木が、横に伸びている。幹も枝も雪を被っているが、折れることなく持ち堪《こた》えていた。この木は〈十二様が腰かける木〉といわれている。連三郎が生まれ育った群馬県北部の山村では、山の神のことを〈十二様〉と呼ぶ。毎月十二日を〈神が山の木を数える日〉と定め、猟を休んで神社や祠に酒などを捧げることから、そう呼ぶようになったらしい。

（お供えをしていぐべえか）

山に住む十二様は、海水魚のオコゼが大好物とされている。これは『醜女《しこめ》の神なので、より醜いオコゼを見ると喜ぶからだ』とか、『いにしえから行われてきた交易の名残ではないか』などと言う者がいたが、難しいことを考えるのが苦手な連三郎には、どうでも良いことであった。ただ、彼も先人の教えに従い、富山の薬売りから買ったオコゼの干物を和紙に包んで魚籠《びく》に入れ、狩りに出かけるときはいつも持ち歩いていた。

さて、オコゼを供えるときはまず、左手で魚籠から出すふりをする。そして右手でオコゼをちらりと出して見せ、すぐにしまう。それだけで十二様は満足してくれるのだが、『初めから右手で供えようとすると、腕ごと食われてしまう』と語り伝えられていた。

ところが、この日の連三郎はうっかりして、初めから右手でオコゼを出してしまった。

（いけねえ！）

慌ててオコゼを隠す。だが、しばらく経っても右手に異変は起こらなかった。

（何だい……。腕ごと食われるなんて、迷信だったんかなぁ？）

連三郎は安堵の溜め息を吐いた。やがて短日は暮れて、宵の空に満月が輝き始めた。連三郎は晩鳥《バンドリ》を狙って、雑木の森に身を潜めた。晩鳥とは鳥の一種ではなく、夜に飛ぶムササビのことである。小柄な猫ほどの大きさがあるこの哺乳動物は、日が暮れると「きゅ。きゅ」と鳴きながら飛んできて、広葉樹の梢にある固い新芽を食う。それを待ち伏せして、月光を頼りに村田銃（明治時代に開発された単発式の小銃）で撃ち落とすのである。当時は毛皮が高く売れたし、肉も白身で美味いので、良い獲物だったという。

連三郎はこの夜も二匹の晩鳥を撃ち、三匹目に狙いを付けた。と、そのとき――。

突如として森の奥のほうから、にぎやかな笛や太鼓の音色が聞こえてきた。

(何だんべえ?)

月に照らされて昼間のように明るくなった森の奥に目を向けたが、人の姿はない。晩鳥はその音に驚いて、飛び去ってしまった。さらにその音は物凄まじい大音響となった。耳元で気が狂ったような演奏が続く。不気味さと不快感に耐えられなくなった連三郎は、山道を下って逃げ出した。そこへ不意に暗闇から、大きな黒いものが現れて道を塞いだ。

本来なら冬眠しているはずの、巨大なツキノワグマであった。予期していなかったので、村田銃を構える隙《ひま》もなかった。後ろ足で立ち上がった熊が躍りかかってきて、連三郎は押し倒された。咄嗟に顔や頭を両手で庇う。その右手に熊が激しく噛みついてきた。単独行だったので、助けてくれる者はいない。

ハア駄目か――連三郎は死を覚悟した。

しかし、熊は連三郎の右手の骨を噛み砕き、人差し指と中指を食いちぎって、噴き出す鮮血を舐めると満足したのか、急に攻撃をやめて尻を向け、大立の中へ去っていった。

この怪我で連三郎は銃を扱えなくなり、罠猟に転向している。後年になって彼は、

「あの熊は、十二様の化身だったんだ。そうに違いねえ」
と、親族や他の猟師に語ったそうである。（注……現在、ムササビ猟は禁止されている）

ツチノコの正体

これは私が、長野県の山奥にあるキャンプ場へ行ったときに出会った男から取材した話だ。秋の平日のことで宿泊者は我々しかいなかった。快活な男だったので、私は怪談作家であることを明かし、「何か体験談はありませんか？」と訊いてみた。「ありますよ」こうしてその晩、焚き火を前に、持参したバーボンを飲みながら彼の話を聞くことになった。

彼は三十四歳の公務員で、長めの休暇をもらうことができたので、このキャンプ場に一週間ほど連泊しているという。昨日、近くの山を散策していたところ、急に大雨が降ってきた。雨宿りができる場所を探していると、〈陶芸工房〉の看板を掲げた平屋の古民家が見えてきた。声をかけると高校生くらいの娘が出てきて、恥ずかしそうに微笑んだ。

「父は今、出かけていまして……」

「そうでしたか。そんなときにすみませんが、軒下で雨宿りだけさせてもらえませんか？」

「この雨じゃあ、軒下でも濡れますよ」

目元が涼しい娘は、「どうぞ」と彼を土間に招き入れ、熱いお茶まで出してくれた。

「僕は東京からキャンプに来ているんですが、御両親は陶芸の先生なんですか？」

彼は何か話さないと間が持たないと思い、職業の話題を切り出してみた。

「母は五年前に亡くなりました。父は陶芸家なんですけど、趣味でツチノコの研究をするために、ここに家を建てたんです」

「えっ、ツチノコ⁉」

「この辺りには、沢山いるんですよ」

娘は事もなげに答えた。彼女の話によれば『ツチノコとは、蛇にとり憑く精霊』のことだという。それにとり憑かれた蛇は頭が大きく、胴がビール瓶のように太くなるが、寸詰まりになる。そして地中に深い穴を掘って棲み、鳴き声を発し、跳躍や滑空もできるようになって、凶暴化する。しかし霊なので、宿主である蛇が人間に捕まったり、殺されたりすると、離れていってしまう。そのため「ツチノコを捕獲した！」と騒ぎが起きても、マスコミが取材に来る頃には、マムシやシマヘビなどの姿に戻っている、というのだ。

「それだけじゃありません。実はツチノコって、蛇が近くにいないと、人間にもとり憑くんです。あたしと父は昨日、ツチノコを捕まえたんですが……」

娘が土間の奥を顎で示す。彼がそちらに目をやると、テーブルがあって、その上に蓋の付いた水槽が置かれ、中には生きた大きな蛇が二匹入っていた。ヤマカガシであろう。

彼は息を呑んだ。そして視線を娘のほうに戻すと、娘の顔が変容していた。両目の虹彩が広がって金色に光り、瞳孔が縦一文字になっている。先が二つに分かれた黒い舌を、ちょろちょろと唇の間から出入りさせていた。もはや人間の顔ではない。

彼は大雨の中へ逃げ出した。だが、林道にはツチノコの群れがいて、四方から次々に飛びかかってきた。彼は無我夢中で身をかわし、落ちていた木の枝を拾った。追い払うつもりでそれを振り回すと、一匹の頭に命中してしまった。地面に落下したツチノコは、腹を上に向けて動かなくなる。それは見る間にマムシの死骸へと変貌していった。

「だからね、今度は僕が、ツチノコになる番、みたいなんですよ……」

そう言った男の顔つきが、先程までとは一変していた。丸く見開かれた両目が光って、瞳孔が縦に細長くなっている。マムシなどの毒蛇の目とよく似ていた。

私は気味が悪くなったので、取材を切り上げて自分のテントへ戻った。半信半疑ながらも不安な気持ちで一泊し、翌朝、男のテントを訪れて何度も声をかけてみたが、男は出てこなかった。私はただちにキャンプ場を後にした。男がどうなったのはわからない。

擬態

ある山村の消防団長である四十代の男性、武田健人から聞いた話である。

夏の朝、武田は愛犬のシロを連れて自宅近くの雑木林へ散歩に出かけた。林道を歩いていると、シロが急に激しく吠え始めた。前方には見慣れたクヌギの大木が生えているだけだ。武田は深く考えず、怯えたように吠え続けるシロの綱《リード》を引いて帰宅した。

数日後。同じ村に住む十一歳の少年が、「カブトムシを捕ってくる」と言って出かけたきり、帰ってこなかった。武田は村の若者たちを率いて山林の捜索を行った。警察官や消防署員もやってきたが、例のクヌギの大木の前で警察犬が猛烈に吠え出した。

クヌギの幹には高さ一・五メートルほどの部位に鉈《なた》で切りつけたような横一文字の裂け

目があり、琥珀色の樹液が湧き出ていたが、昆虫は一匹も来ていなかった。やがて近くの下草の中から生臭い粘液が付着した少年の衣服と靴が発見された。大勢で辺り一帯を捜索したにも拘らず、他には何も見つからなかった。

それからひと月後。夕方のことである。武田は本職の農作業を済ませ、軽トラックで村内にある神社の前を通りかかった。日頃は無人の小さな神社で、その境内にもクヌギの大木が生えている。それは彼にとって見慣れた光景だったので、何も気にせずに通り過ぎた。

だが、同じ日の晩、神社の近くに住む女子高生が友人と会った帰路に消息を絶ってしまった。皆で捜したが、見つからない。翌日になって境内から粘液がべったりと付着したセーラー服と鞄だけが発見され、大騒ぎになった。その話を聞いた武田が神社へ向かうと、クヌギの大木が消え失せ、地面に大きな穴が開いている。

「ここに生えていたクヌギはどうしたんだ?」

皆に訊いたが、誰も伐採した者はいないという。しかし、村人の一人が首を傾げた。

「そういえば、あのクヌギって、いつからここにあったんだっけ? 昔はなかったよな」

武田は唖然とした。言われてみれば、あれほど目立つ大木なのに、いつ頃から生えていたのか、まるで記憶にないことに気づいたのだ。

そこで武田はまさか、と思いながらも、あの雑木林へ行ってみた。やはりそこに生えていたはずのクヌギの大木がなくなり、地面に大きな穴が開いている。思えば、例の大木がいつ頃からここに生えていたのか、どうしても思い出すことができない。つい先程まで、ここには何十年も前からクヌギの大木が生えていた、と認識していたはずなのに——。

それから数日後、夜が明けてまもなくのこと。

村内を流れる川沿いで野鳥の観察をしていた人々が、大きな川を渡ってゆくクヌギの大木を目撃したという。その木は太い根を触手のように動かしながら対岸へ上陸すると、森に入り込んだ。植物よりも、動物の動きに近い。対岸には他にもクヌギの大木が無数に生えていて、たちまちその中に紛れ込み、どの木かわからなくなってしまったそうである。

どうやら、クヌギに擬態しながら、次の獲物を狙っているらしい。

（参考文献／『上州最後のマタギたち』酒井正保　著、群馬県文化事業振興会／『歳時と信仰の民俗』都丸十九一　著、三弥井書店）

禁忌：おじいちゃんの家で見たモノ

斉木京

うちの父方のじいさんの家で見ちまったモノの話をする。

数年前、まだおれが小学生だった頃の話だ。

ある夏休み、おれと弟は毎年行ってる父方の祖父母の家に遊びに行ったんだ。

でもその夏はやばいことが起きて、それ以来、じいちゃんの家には行ってない。

あれから数年たったがいまだに〝それ〟はおれと弟の人生に影響をあたえてる。

これから話すことは釣りとかじゃなく実際やばい話なので興味本位の人はやめておいた方がいいです。

それでも読みたい奴は自己責任でたのむ。

それから除霊とかそっち系に詳しい人がいたら、解決策か他になんでも知ってることを教えてほしい。

じゃ始めます。


うちのじいちゃんの家は、とある田舎町にある旧家。

まわりは山に囲まれてて景色は最高って言ってもいい。

でも駅からはかなり離れてて、三時間に一回とかのバスに乗って行かないといけないんだ。

おれと弟が小学校に上がったあとは、夏休みになると毎年二人でおじいちゃんの家まで行く。

父親も母親も仕事だから一緒には行けない。

だから先におれたち二人で行くことになってる。

夏休みの間、一月くらいはいつも滞在してたな。

両親はお盆の二、三日目に来るとすぐに東京に戻ってった。

ほぼ放置だったけど、じいちゃん達はおれたち二人に良くしてくれたし、村の人たちも親切だし基本的に楽しかった。

で、問題なのはこの後なんだ。

事件が起こった夏休みはちょうどおれが四年生、弟が一年生だった頃だ。

おれたちはその時も例年通り村を気ままに遊びまわった。

森もあれば川もあるし、東京じゃ出来ないことがいっぱいあったからな。

そのうち地元の子供達とかともちょくちょく遊ぶようになってた。

名前はNってしておくけど、近所に住んでる同い年ぐらいの男の子がいて、そいつと川で遊んでたとき不意に言われたんだ。

「お前達の家って〝タジョウサマ〟の家なんだろ？」

始め、俺たち兄弟二人はNが何を言ってるのかは全然分からなかった。

「タジョウサマって何？」

まだ小さいが好奇心旺盛な弟はNの話に食いついた。

「……タジョウサマは怖いぞ？　この村を守ってくれてるけど、禁を破ったらマジで祟られるって」

大人達が噂してるのを聞いたとかNは言っていた。

おれはただの噂話かなんかだろうと思って、最初は受け流してた。

でもこれは後々あの事件に関わってくるんだ。

ちょうどその日の夜だったと思うけど、夕飯の時に弟がじいちゃん達にそのことを唐突に聞いた。

「ねえじいちゃん、タジョウサマって何？」

弟は何気なく聞いたつもりだったろうけど、その後がやばかった。

「誰に聞いだんだ？」

さっきまで楽しく談笑してたじいちゃんとばあちゃんが氷みたいな硬い表情でおれたち二人を睨みつけたんだ。

弟は泣きそうになるほどの空気になったのを覚えている。

結局、子供は知らなくていいみたいなこと言われてその時は終わった。

でも何日かたって、おれと弟が家の中で遊んでいる時にまた変なことがあった。

ウチのじいちゃんの家は村の中でも一二を争うほど広いんだ。

広いだけじゃなく古さも相当で築数百年はたってるって話。

昔ながらの日本家屋で、使ってない部屋なんかも沢山あった。

だからおれと弟は、今日は二人で全部の部屋を見て回ろうみたいなことになったんだ。

暗い廊下を歩きながら、一部屋ずつ見て回った。

何年も人が立ち入っていないようなかび臭い部屋や、たんなる物置やらいろいろあって、おれたちは探検をじゅうぶんに楽しんだ。

ただ、それで変なことに一つ気が付いた。

なんか部屋と部屋のあいだに、謎の広い空間があるらしいってこと。

でも入り口らしきものは見当たらない。

壁があるだけだ。

もちろん反対側にまわったり、外からも見てみたがやっぱり入り口や窓もない。

間取り的にはたしかに空間があるはずなんだが。

で、気になったんだけど、またじいちゃん達に聞いて地雷踏んだら嫌だから、とりあえずNに聞いてみることにしたんだ。

前の日に言ってたタジョウサマとかいうのとなんか関係があるような気がしたからだ。

Nに会いに行くと、自分も詳しいことは知らないってことで兄貴を呼んでくれた。

Nの兄貴は中学生だから、この村の事情にもより通じている。

以下、Ｎの兄が話してくれた内容を要約してみる。

じいちゃんの家は村の中で、古くから何らかの神様みたいなのを祀る役目を持った家柄だったらしい。

しかもその神様は社殿や祠とかに安置されてるんじゃなくて、役目を持った家の中に封印するみたいな形で祀られてるらしい。

何でそうなってんのかは不明みたいだが、この村じゃ長い間そうしてきたって話だ。

だからおれたち二人が発見した謎の空間がそれなんじゃないかってなった。

しかも封印されてる神様は祟り神とかで、富を呼び寄せる力は強いが粗末に扱ったり禁を破ったりしたら大変なことになるらしい。

その祀られてる神様について、Ｎの兄貴は絶対に自分が教えたと言わないという約束で、知ってる部分を教えてくれた。

それによると鎌倉時代だか室町時代だかに大きな戦があって身分の高い姫様と家来が、この村に落ち延びてきたらしい。

最初は村の人達は姫様たちを迎え入れて仲良くやってたみたい。

だがある日敵の追っ手が村に来た。

それで姫様たちを匿っていると自分達も殺されるかも知れないとかで、その姫様と家来を夜寝ているところを襲ってみんなで惨殺しちまった。

ところがその後から、村の中で原因の分からない疫病かなんかが流行して村の人達が次々と血を吐いて死ぬようになったらしい。

これは姫様の祟りなんじゃないかと恐れた村人達は僧侶を呼んで手厚く供養した。

だがそれでは祟りは治まらなかった。

治まらないどころか、村の中でどんどん恐ろしいことが起きたらしい。

だから名のある呪術師を呼んで術式を施した。

供養じゃなく強力な術で封印するしかなかった。

そのかいあってかそれからぴたりと災いは止んだって話だ。

それ以来、ウチの家が代々封印を守るようになったらしい。


Nの兄から聞いたのはだいたいこんな感じ。

でも当時のおれたちは事の重大さに気がついてなかった。

子供っぽい好奇心がどうしても先にたって、おれはあの謎の空間の中になんとか入れないかって考えが頭の中をめぐるようになった。

休みだから時間だけはある。

おれと弟は二手に分かれて家の中や外を探ってみたが、なかなか空間への入り口は見つからなかった。

そもそも入り口は無いのかも知れない。

そう思って諦めかけてた時。

「お兄ちゃん、こっち！」

弟の呼ぶ声が外からしたんだ。

慌てておれも縁側に出てみた。

すると弟が家の縁の下から這い出してきた。

服が土で汚れている。

「ちょっと待ってろ」

おれも靴を履いて外に出た。

弟に駆け寄ると、得意げに床下を指差している。

「何かあるよ」

弟に言われるまま、おれも床下に潜り込んだ。

床下は暗くてじめじめして、蜘蛛の巣やらダンゴムシやらが這い回っている。

よくこんな所に潜り込んだなと感心していた。

弟はしばらく床下を進むと頭上の床板の一部を指差した。

「ここ。なんか貼ってある」

弟が指差した場所に近づいて、おれも目を凝らした。

「これお札じゃね？」

薄暗いのではっきりとは見えなかったが、よく分からない文字で書かれたお札が確かに木の板に貼り付けられていた。

おれはそのお札の貼ってある床板を触ったり押したりしてみたが、びくともしなかった。

だが、よくよく観察してみると、その板の角の方に、黒い鉄製の部分があるのが分かった。

「穴が開いてるよ？」

弟が鉄の部分を指差して言った。

確かに真ん中に鍵穴らしき黒い穴が空いている。

おれはその穴を覗き込んでみた。

当然向こう側は見えるはずもない。

だが、そうしているうちにある記憶が蘇ってきた。

以前祖父の部屋に入った時、妙な漆塗の箱が置いてあった。

その箱に触れようとした時、普段は温厚なおじいちゃんが烈火のごとく怒ったのだ。

今思い出しても怖い。

その漆塗りの箱にも、この床板のお札と同じような札が貼ってあったと記憶してる。

おれは何故だか知らないが、その箱の中にこの床板を開く手掛かりがあるような気がした。

家の中にとって返すとおじいちゃんの部屋にむかった。

ばあちゃんは台所の方に居たから、忍び足でおれたちが廊下を通り過ぎるのに気付かなかったはずだ。

部屋の中に忍び込むと、さっそく件の箱がある場所に歩み寄った。

予想通り、確かにそこに箱はあった。

改めて見てみると相当年季が入っている。

どのくらい古い物なのだろうか。

「お札があるよ？」

弟が興奮気味に言った。

かつての記憶が通り、箱には確かに札が貼り付けられている。

先程床下の板に付いていたお札と酷似してた。

後々分かったことなんだけど、お札に書かれた文字は梵字《サンスクリット》とかいうやつで不思議な霊力が宿ってるとかいう話だ。

おれは躊躇することもなく、早速箱の蓋をゆっくりと開けた。

今考えてみれば、もうこの時に邪悪な何かに呼び寄せられてたのかもしれない。

箱の中には確かに小さな鍵が収められてた。

やけにシンプルな形だったが、ひどく錆び付いてる。

おれは妙な高揚感を覚えながらその鍵を手にした。

鍵を取り出すと、ゆっくりと箱の蓋を閉じた。

弟と顔を見合わせると思わず笑いがこみ上げてきた。

弟もニヤリとした。

こっそりと悪戯するときのスリルを感じてた。

おれは笑いをかみ殺すと、音を立てないように部屋を出た。

いよいよ準備が出来たところで、再び床下に潜り込んだんだ。

先程と同じように例の床板の所に来ると、ポケットから鍵を取り出した。

時間はまだ午後3時か4時くらいだったろうか。

辺りは蝉の鳴き声が響き渡ってる。

今いる床下だけは妙に肌寒かったのを覚えてるんだ。

おれは、はやる気持ちを抑えながら鍵を鍵穴に差し込もうとした。

すると突然、軽トラのエンジン音が辺りに鳴り響いた。

おじいちゃんが帰ってきたのだ。

軽トラのエンジン音は床下の陰鬱な空気を破り、おれと弟は我にかえった。

急に白けた空気になったし、おじいちゃんが帰ってきた以上は悪戯がバレるかもしれないので、おれたちは空間への侵入を一度諦めることにした。

その晩の夕食は、そわそわして落ち着かなかった。

あの空間に侵入しようとしたことや黙って鍵を持ち出したことが祖父母にバレないか、おれと弟はひやひやしながらご飯をかき込んだ。

幸い祖父母は異変には気がついていないようだった。

おれたち兄弟は一安心すると、その日はいつもより早く寝床についた。

昼間の疲れからかおれはぐっすりと眠っていた。

眠りに落ちてから、どのくらい時間が経ったころだったか。

真夜中に、しきりに肩を揺する者がいる。

おれは重い瞼を開いた。

すると弟がおれを起こそうと、必死に揺り動かしながら何事かを訴えている。

おれは違和感を感じた。

弟は便所に一緒に行かなければならないほど幼くはないのだから。

「お兄ちゃん、やっぱりあの場所変だよ！」

おれが起き上がると弟は興奮気味に言った。

「あの場所って、あの謎の空間のことか？」

弟は頷いてさっきあったことの説明を始めた。

その話をまとめるとこうだ。

弟が用を足したくなって便所に向かうと、途中で例の空間がある壁の横を通る。

その時に何気なく壁に耳を当てたい衝動に駆られたという。

そっと壁に耳を当ててみる。

すると壁の向こうから、がり、がり、がりと何かを引っ掻くような音がしたと言う。

「なんかね、向かうの壁を誰かがこうね、引っ掻いてる感じ」

弟はそう言いながらパントマイムみたいに、見えない壁を両手で交互に引っ掻く動作をしてみせた。

得体の知れない空間の暗闇の中で誰かが壁を引っ掻いている。

想像するだけで気持ち悪いが、この時のおれは妙なテンションになっていた。

「じゃあさ、確かめてみよう。昼間の続きだ」

弟の手前強がっていたのもあったと思う。

でもこの時のおれ達はなんの疑いも抱かず、空間への侵入を実行しようと考えた。

ちょうど祖父母も寝静まっているはずだ。

昼間、じいちゃんの部屋からくすねてきた鍵はバックの中に隠したままだった。

鍵と小さい懐中電灯を持つと二人でこっそりと玄関に行き靴を取った。

玄関を開けると音がしてじいちゃん達が起きちまうかも知れないから、おれ達は廊下を通って縁側へと向かった。

縁側から外に出ると星一つ見えない暗夜だった。

なんとなく空気がどんよりと重い。

おれ達は床下に潜り込むと、例の床下の所まで来た。

弟に懐中電灯を預けてポケットから鍵を取り出すと、おれは鍵穴にゆっくりと鍵を差し込んだ。

鍵をひねるとゴトリ、と重々しい音をたてて解錠された。

今思うと本当にここでやめとけば良かったと思う。

床板を恐る恐る上に押し上げると、扉は音もなく開いた。

開いた瞬間、ごおおっ、と中の空気が漏れ出した。

どのくらいの間閉ざされてたのか知らないが、独特の匂いが鼻をついた。

扉を開けた拍子に張り付いていたお札がはらりと剥がれ落ちたのを覚えてる。

真っ暗闇の内部を懐中電灯で照らしてみた。

懐中電灯の光は古めかしい天井を照らし出した。

おれは首を中に入れて周囲を確認した。

そこは短い廊下になっていて、突き当たりに引き戸が見えた。

靴を脱いで二人で中に入った。

突き当たりの引き戸にもお札が貼ってあった。

正常な思考が出来たならきっと戸を開けなかったはずだ。

でも導かれるようにおれは引き戸を開けた。

扉を開けると、畳敷きで縦長のかなり広い部屋だった。

でも中はがらんとしてて家具とかは置いてなかった。

ただ真ん中に小さな座卓が置かれていて、それを取り囲むように四角形で注連縄が張り巡らされていた。

おれ達は部屋の中を歩き回ってみた。

畳の上には薄く埃が積もっていて、しばらくの間ここに人が立ち入っていないことを示している。

そして四方の壁には今入ってきた入り口以外はどこにも扉や窓らしき物は無かった。

弟が聞いた引っ掻くような音は何だったのだろうか。

座卓の上には、よく日本酒とかを入れるような徳利と盃が置かれていた。

何の意味があるのかその時は分からなかった。

おれと弟はしばらく部屋の中を歩き回り探索してみたが座卓以外には何もなく、これといって変わった点は無かったと思う。

一通り見たし、そろそろ戻ろうかなと思った時、何かが砕けるような音が室内に鳴り響いて、おれはそっちを振り返った。


「痛ってぇ」

弟の呻き声が聞こえたので懐中電灯の光を向けてみた。

すると弟が前のめりに倒れていたので焦って駆け寄ったんだ。

「何してんだよ！」

おれは弟を抱え起こした。

「ごめん、なんかふらっとして」

とりあえず弟に怪我はなかったんだけど、座卓の上にある徳利は倒れて先っちょが割れてたんだ。

卓の上に透明な液体が広がる。

たぶん酒だろう。

見ると注連縄を張ってあった支柱も倒れてた。

おれは弟を抱き起こして言った。

「あーあ、お前何してんだよ。これでじいちゃんに怒られるの確定だな」

とりあえず、もう部屋を出ようと思った。

その時異変に気がついた。

弟がある一点を見据えたまま動こうとしなかったんだ。

「お兄ちゃん、あれ誰……？」

弟は呆然としながら呟いた。

おれは弟が見つめている方向へゆっくりと懐中電灯の光を向けてみた。

そして言葉を失ったんだ。

未だに忘れられない光景がそこにはあった。

懐中電灯の弱々しい光にぼんやりと照らされて、女が俯いて立っていた。

確かにさっきまで誰もいなかったはずなのに。

小学生の頃の記憶だからちょっとあいまいなんだけど、着物を着て頭から古びた布を被ってた。

後から知ったことだけど、その布は被衣《かつぎ》といって昔の女性が外出するとき身につけていたらしい。

だから顔は隠れて見えなかった。

異様だったのは女の身長が二メートルくらいはあったことだ。

おれ達兄弟は言葉を失い、しばらく女の方に視線が釘付けになった。

女は微動だにしなかったが、やがて片方の脚がゆっくりと前に出た。

脚を畳に擦るようにずり、と一歩おれ達の方に近づく。

直感的にやばいと思ったおれは弟を連れて逃げようとした。

言葉にならない声を発して弟を連れ出そうとした。

だけど弟は呆然と女の方を見つめたまま固まっている。

そうしてる間にも女は俯いたまま着物の裾を擦りながら、ずり、ずりとこちらに寄ってくる。

おれは弟を無理やり引っ張ったが石みたいに固まって動かないんだ。

そうしてる間にも女はこっちににじり寄ってくる。

おれは半狂乱になって弟を引っ張ったが駄目だった。

やがて女がおれ達の前に立った。

その時、布の下から女の顔の下半分が見えた。

鼻から上は見えなかったが口がにい、と開いているのが見えた。

懐中電灯の光に浮かび上がったのは、ぼろぼろで黄色くなった女の歯だった。

口の両端がつり上がり、嗤っているように見えた。

この世のものじゃない。

本能的におれの体は跳ね上がった。

今考えると弟を置いて逃げるとか本当情けない話だけど、その時のおれはその部屋から一刻も早く逃げ出すことしか考えられなかった。

短い廊下を抜けて出口の床板のところまで来ると、背後で弟の叫び声を聞いた。

それでもおれは振り返ることなく出口から転がり出た。

息を切らして縁側にから家の中に入り、助けを求めてじいちゃんの部屋に向かった。


じいちゃん達の寝室の前まで来ると、ちょうど扉が開いた。

「なんだ、今の声は？」

さっきの弟の絶叫を聞いてじいちゃんもすでに起きてた。

おれはじいちゃんにすがりつくと今あったことの一部始終を話した。

じいちゃんの顔が凍りついた。

「なんてことしたんだ」

じいちゃんはばあちゃんを起こすと、すぐさまあの床下へと走った。

おれもその後に続いた。

さっきの床下からさっきの部屋に戻ったら弟が畳の上に倒れていた。

じいちゃんが抱き起こしたが、弟は完全に気を失っていた。

「救急車呼ぼう」

おれがそう呼びかけるとじいちゃんは首を横に振った。

「いや、これは医者じゃどうにもならねえ」

じいちゃんは倒れた注連縄を見つめながら言った。

この時のじいちゃんはこれまで見たことが無いような恐ろしい顔してた。

じいちゃんとおれは弟を抱えて部屋を出た。

気がつくと、うちの庭に何台も車が入ってきてる。

さっきばあちゃんが電話して村の人たちを呼んだらしい。

車から降りてくる大人達は皆一様に険しい表情を浮かべていた。

弟は居間に寝かされた。

どんなに呼びかけても全然目を覚ます気配がない。

おれはパニックになりかけた。

じいちゃんはおれの肩に手を置いた。

「もうすぐ太夫さんが来てくれる。お前はすぐに東京に戻れ」

太夫さんというのが何なのかおれには知らなかったが、どうもこの村に住む拝み屋さんとかいう話だった。

大人達は寝かされた弟を囲んで押し黙っていた。

ひどく重苦しい時間が流れた。

だがしばらくすると玄関の戸を誰かが叩いた。

「太夫さんが来た」

じいちゃんはそう言うと玄関に向かった。

しばらくするとじいちゃんが一人の男の人を連れて居間に戻ってきた。

太夫さんと呼ばれた男の人は小柄で髪が全て白くなった、どこにでもいるようなおじさんだった。

「タジョウサマの間を開けちまったか」

太夫さんは弟の額に触れながらぽつりと言った。

そしておれの方に向き直った。

「今すぐこの村から出れ。タジョウサマに魅入られる前に。そしてもうこの村には入っちゃなんね」

「弟は大丈夫なんですか!?」

おれは太夫さんに聞いた。

「ああ、大丈夫だ。だから早く逃げれ」

太夫さんは優しそうな目でおれを見ながら頷いた。

おれは不思議な安堵感をおぼえた。

弟を残してくのは嫌だったが、仕方なく言われた通り村を出ることになった。

青年団の人の車に乗せてもらい、東京まで送ってもらう。

じいちゃんの家を出るとき、太夫さんを先頭に男の人達が日本酒の一升瓶や何かを持って床下に入っていくのが見えた。

後で聞いたところによるとあの部屋で太夫さんがタジョウサマを鎮めるための儀式かなにかをとり行ったらしい。

東京に付くと両親が迎えに来た。

おれと母親はそのまま家に帰り、父親がじいちゃんの村へと青年団の人と一緒に向かったんだ。

その後二日くらいは音信が無かったが、父親から『大丈夫だ』ってメールが届いた。

おれはそれで一安心した。

でもそれから更に数日過ぎたある日のこと。

その夜、おれと母親が家にいると固定電話の着信音が鳴り響いた。

父親からの電話だった。

母が電話口で話してると表情が曇った。

電話が終わったのでおれは聞いてみた。

「何かあったの？」

「うん……」

母親は重たい口を開いた。

「太夫さんが昨日亡くなったって」

「は!?」

目の前が真っ暗になるような衝撃を受けた。

太夫さんは大丈夫だって確かに言ってたからだ。

それが死んだって……。

おれは最初事態が飲み込めなかったが、その後も次々と良くない話が飛び込んできた。

母親はそれをおれになるべく伝えないようにしてたみたいだけど、もう隠しようがなかった。

それから数日して父親が帰ってきたが、その表情は暗かった。

父の話によると弟は県内の病院に入院しているという。

まだ意識は戻ってない。

その日の深夜、両親がリビングで話しているのをおれは廊下で聞いちまった。

全部聞こえたわけじゃないけど、じいちゃんの村で立て続けに人が死んでいるっていうような内容だった。


やがてその暗い何かは東京に残されたうちの中にまで影を落とすようになった。

まず父は仕事に行かなくなった。

ひどく焦燥した様子で家に帰ってもほとんど口をきかない。

母の話では有名な霊能者や占い師なんかに助けを求めて方々を回ってるみたいだった。

母は弟の世話に出かけたりして、家にいる時間が少なくなった。

おれは夏休みが終わるとまた学校に通うようになったが、弟の意識は今も戻ってない。

話はそれから数年飛んで今に至る。

だけど事態はあの夏に比べて全然変わってない。

むしろ悪化してるんだ。

まずあの夏の翌年、父が失踪した。

行方は今も分かっていない。

それからその次の年にはじいちゃんが他界した。

まともな葬式すらなく、茶毘に付された。

本当にあの村はヤバいことになってるようだけど、それ以上の情報はもう入ってこない。

母親は相変わらず意識が戻らない弟の世話に病院に行く以外は家では脱け殻みたいになってる。

最初の頃は色々な霊能力者に依頼して、タジョウサマの呪いを抑えようとしたけど結局上手く行かなかった。

ある占い師は父の依頼を電話で受けたその日に急死しちまった。

死体が自宅の浴槽で見つかった。

自分でお湯の中に頭をつけて溺死したって話だ。

どう考えてもまともじゃない。
タジョウサマの障りは多分この話を聞いただけで及ぶみたいだ。
だからお前らも本当に気をつけてくれ。

長々と書いちまってすまない。
だけどもう終わりみたいだ。
ちょうど今、おれは家の自分の部屋でこの書き込みをしてる。
おれの部屋は二階にあるんだが、さっきから一階を誰かが歩き回る音が聞こえるんだ。
ずり、ずり、と足を引きずりながら着物の裾が床に擦れるような音だ。
もちろん今家にはおれしかいない。
母は今夜出かけているのだから。
暗い一階のリビングを誰かがぐるぐるぐるぐると歩き回ってる。
この音はもうずいぶん前から聞こえてた。
おれも自分で色々調べてみたけど結局無駄だった。
霊能者が太刀打ち出来ないものにおれの力でどうこうできるもんじゃない。

でももし、何か解決する方法があるならお前ら今すぐ教えてくれ。
早くしないとやばい。
今二階に上がる階段を誰かが這い上がってくる。
誰かなんて言うのはおかしいかもしれない。
来るべきものが来たと言う方がいいだろう。

やっぱりコメントはつかないみたいだな。
儚い期待だってのは分かってた。
だけど出来れば助かりたかったんだ。
今、それが階段を上りきったみたいだ。
おれの部屋に向かって例の音が近づいてきてる。

ずり、ずり、ずりずりずりずりずり……

もうだめっぽい。

たすけて
にげみちがない
とりあえずまどからやねにで

田舎の怖イ噂

2019年6月5日　初版第1刷発行

編者　エブリスタ
著者　Maro、せき子、夏愁麗、戸神重明、黒統しはる、今野綾、砂神桐、酒解見習、澤ノ倉クナリ、純鈍、松本エムザ、人鳥暖炉、斉木京、相沢泉見
イラスト　ねこ助
カバー　橋元浩明（sowhat.Inc）
発行人　後藤明信
発行所　株式会社　竹書房
〒102-0072　東京都千代田区飯田橋2-7-3
電話03-3264-1576（代表）
電話03-3234-6208（編集）
http://www.takeshobo.co.jp
印刷所　中央精版印刷株式会社

定価はカバーに表示しています。
落丁・乱丁本は当社までお問い合わせ下さい。

ISBN978-4-8019-1880-1 C0193